[àn]

sombre, secret

Du même auteur

L'essentiel de la mythologie gréco-romaine

Un ourson à Taipei

L'essentiel de la civilisation chinoise

L'essentiel de la civilisation romaine

Les gens de Sylvanove

Renaud MERCIER

*

Oursons et Chinese Blues

Polar Bear 2

*

Roman

Oursons et Chinese blues

Polar Bear 2

Ce récit vous amènera à cheval entre les années 1991 et 1992. Cette période précède de peu la révolution qui vit le déploiement des réseaux GSM et internet à grande échelle en 1993. Je vous conterai mon histoire, une tranche de vie où l'humanité goûtait encore à la liberté vraie : lorsque l'on vous téléphonait, on se réjouissait de vous trouver chez vous. Mais désormais et depuis plus de vingt ans, votre interlocuteur se permet l'impertinence de vous demander où vous vous trouvez ! Pas de nouvelle, bonne nouvelle. En ce temps-là, les caméras, poussives, consignaient avec peine quelques heures d'enregistrement sur de larges bandes magnétiques. Oui, on s'en plaignait, mais l'on ignorait que bientôt nos images s'éparpilleraient sur l'éternité de la toile, géolocalisées à l'envi. Dédale enfermé dans son labyrinthe ou Thésée emmêlé dans la pelote d'Ariane.

*

La prorogation de ma mission à Taïwan me ravissait. Du haut de mes dix-huit ans, pour la première fois de ma vie, j'obtenais la confirmation qu'on m'appréciait pour mes qualités les plus intimes, celle d'un tueur froid, discret et discipliné. Sortant des bureaux bruxellois des Services Spéciaux de ***, je rentrai dans mon studio d'étudiant. Il sentait l'absence et une curieuse déréliction se devinait à la fine couche de poussière qui s'accumulait sur la table. Pour tout courrier, la voisine me tendit les factures de téléphone des trois derniers mois. Je ne les ouvris pas : la banque se chargeait de les acquitter automatiquement. J'aimais ce réduit sous les combles, et jamais je ne me sentis plus à l'abri que dans cette tanière. Je décapsulai une canette de soda pour me donner du courage : il me fallait téléphoner à ma mère.

*

Maman vivait encore à cette époque où je ne souffrais que de psychose paranoïaque. Lorsque j'avance le mot « souffrais », je me place du point de vue des psychiatres. Pour ma part, je n'éprouve ni malaise ni douleur : ma psyché fonctionne comme ma nature lui donne de fonctionner. La société réprouve que je verse le sang, voilà son problème. En ce qui me concerne, ce détail constitua le tremplin qui me propulsa au grade d'agent des Services Spéciaux de ***. Plus tard, quand, enfin, ma génitrice mourut, je ne parvins plus à me débarrasser d'elle : depuis le jour où je recueillis son dernier souffle, elle me poursuit, insatiable furie, me parle, me taraude, s'insinue dans mon champ de vision. Vous ne la verrez guère : les gens de la faculté qualifient ce phénomène de schizophrénie. Mais rien ne changea pour moi : je reste un assassin efficace et zélé.

*

S'il vous faut mentir, il convient de retenir que les motifs les plus improbables se révèlent les plus fiables. L'autre se laisse berner par le culot de l'originalité. Contentez-vous de menus aménagements, et il cherchera le grain de sable qui grippe la machine. Tout au long de ma première mission à Taipei, ma mère crut que je vendangeais dans le Périgord. Je décrochai, composai son numéro, essuyai sa colère pour le peu de nouvelles que je lui transmettais, et l'avertis que je passerais en coup de vent puisque je devais repartir le surlendemain pour le sud de l'Espagne.

-Cueillir des oranges en Espagne à la fin du mois de novembre ? s'étonna-t-elle.

Je répondis avec aplomb :

-Il s'agit des récoltes tardives destinées à la confection des nectars d'agrumes.

Elle s'inclina devant mon savoir avant de repartir à la charge :

-Pendant trois mois ?

-Je rentre deux semaines pour les fêtes de fin d'année. Ensuite, je pars m'occuper des remontées mécaniques en Autriche.

Je ressentis une profonde fierté à l'évocation de cette belle trouvaille.

-Plutôt que de te voir gâcher ton temps à travailler, je préférerais que tu entames des études sérieuses.

La hyène, perverse, se référait aux études universitaires qu'elle me contraignait de différer faute d'accepter de les financer. Je réalisai, une fois de plus, que je ne devais rien attendre de ma mère et surtout pas des deniers qu'elle se réservait jalousement ; je lui fixai rendez-vous le lendemain et raccrochai.

Je bus d'un trait le reste de ma boisson, partis acheter un gâteau et rendis visite à ma vieille grand-mère.

*

Grany résidait depuis longtemps en maison de retraite à la suite d'un Parkinson qui lui rendait la marche et la conscience aussi peu assurées l'une que l'autre. Je lui devais cet indéfectible sourire et la conviction qu'il ne faut jamais se défaire de sa baguette de chef d'orchestre si l'on veut des matins qui chantent. Ma grand-mère riait de tout et d'elle-même de préférence – qualité dont elle usait sans compter, puisqu'il ne s'en trouva jamais meilleure dépositaire.

Je me saisis du long couteau à pain qu'elle rangeait dans son tiroir et qui, dans notre famille, servait pour une raison inconnue de pelle à gâteau. Je lui servis une généreuse part de tarte au flan, sa gourmandise préférée. Etrange oxymore en vérité, car, au contraire, je ne connaissais personne de plus constant et solide que Grany. Elle me pria de déposer l'assiette sur le trépied qui flanquait son fauteuil. Cependant, elle inspirait avec plaisir la fumée de l'unique cigarette qu'elle s'autorisait chaque jour. La voir fumer confinait à un privilège exquis de l'ordre de ceux qu'octroyait Louis XIV à ses courtisans quand il s'agissait d'assister à son royal coucher. Elle écrasa maladroitement le mégot dans le cendrier, et le regarda se consumer tristement tandis qu'une gorgée de Xérès, celui-là même qu'on lui servait quotidiennement vers 16 heures, lui rinçait le gosier. On la savait esthète et la respectait comme telle.

-Quel beau collier de barbe tu portes là ! s'exclama-t-elle alors que je me servais une part de gâteau. Il te confère à la fois assurance et maturité.

Le phrasé de Grany trahissait son grand âge et ses origines étrangères : née à la fin du XIXe siècle, elle parlait une langue délicatement surannée et syntaxiquement irréprochable.

Je me redressai et, me caressant fièrement les joues, la gratifiai d'un sourire.

-Et quel teint ! compléta-t-elle. Et des joues rondes, toutes recuites comme du bon pain. Tu ressembleras bientôt à un Italien !

Le compliment valait son pesant d'or pour qui se souvenait de son mariage au pied du Vésuve quelque 70 ans plus tôt. Elle soupira de nostalgie et rit de bon coeur, toujours plus encline à mirer l'horizon qu'à regretter le passé.

-Je travaille au soleil...

Je réalisai soudain que je ne pouvais lui confesser que Taïwan chevauchait le tropique du Cancer.

-Raconte-moi, donc, comment tu gagnes ta vie.

Ne souhaitant pas lui mentir, je m'en tirai par une pirouette :

-Rien d'intéressant. Un travail plutôt ennuyeux. Imagine-toi plutôt que je roule ma bosse en Chine !

-Oui, oui ! Je trouve cette image bien plus amusante que l'éternel recommencement des jours !

Cette formulation poétique renvoyait sans doute au plus contemporain métro-boulot-dodo.

Quelques heures plus tard, je pris congé, promettant à Grany que je viendrais l'embrasser à l'occasion de l'année nouvelle. Au moment où j'allais refermer la porte, elle réajusta les crans de sa longue chevelure blanche pour que je garde une belle image d'elle.

Le lendemain, ma mère me reçut avec une froideur polie et sophistiquée, me conseilla de me raser la barbe, d'acheter de la crème solaire et de perdre un peu de poids. Nous nous quittâmes en bons termes par égard pour les mânes de mon père. Elle me pria de ne pas lui envoyer de carte postale d'Espagne ou d'Autriche : elle ne savait où les ranger.

*

Sans regret, je quittai l'Europe le surlendemain. Peu avant l'embarquement à Genève, je reçus mes ordres de mission dans les salons de la compagnie aérienne. Les réacteurs venaient de nous détacher du sol, quand j'entrepris de passer en revue les documents qui m'accompagnaient. Pensif, je déboutonnai la pochette, y farfouillai pour en prélever un petit rectangle de plastique doré. J'en avisai les détails, m'abîmant dans mes pensées. Trois mois auparavant, lors de mon premier voyage vers Formose, je ne disposais que d'une enveloppe de devises. Le reliquat en gisait encore dans mon portefeuille, liasse de yens et de marks qui attendaient la dépense. Maintenant, je tenais entre mes doigts, un laisser-passer d'une toute autre valeur ! Me considérait-on à ce point important et sinon moi, du moins ma mission ? Je disposais d'une ligne de crédit discrétionnaire. Peu habile à décoder les intentions de mes semblables, je m'accrochais à cette certitude intangible : on me payait pour tuer, et, pour autant que je le sache, au nom de l'Etat, moi, ce jeune homme de dix-huit ans, aux joues barbues et rebondies, le gentil garçon, le gendre idéal.

J'en tirais une fierté peu commune. Je conçus quelque déception à l'idée de voyager en classe touristique. Il me suffisait, d'un geste élégant, de tendre ma carte de crédit à un employé pour profiter d'un large siège en cuir et d'un simulacre de lit. Une coupe de champagne égaierait ma tablette ; je le savourerais en parcourant la presse internationale. A cette perspective, je me gorgeais d'aise et sans doute, bombais-je déjà le torse sans m'en apercevoir. Ma posture guindée, mes traits hiératiques, la danse du rectangle doré qui tournait mécaniquement entre mes doigts, intriguèrent l'hôtesse. Elle se pencha vers moi ; une épingle retenait certainement le calot perché sur le sommet de son crâne.

-Vous sentez-vous bien, Monsieur ?

-Oui, je vous remercie.

Non, en vérité, à ce moment précis, je réalisai que la gloriole l'emportait sur la noble fierté, tant il s'avère malaisé pour le funambule d'avancer sur le fil de l'orgueil. Quand sonne l'heure de la chute, un côté vous précipite aux Champs-

Elysées, l'autre dans le Tartare. En proie aux fantasmes des signes extérieurs, je perdais cette maîtrise de moi-même que je pratiquais à l'instar d'une ascèse, et devenais le jouet de ma faiblesse. Mes ordres de mission gisaient devant moi et ne manqueraient pas d'attirer l'attention de mon voisin. Je ravalai ma morgue, respirai lentement, affichai un sourire détendu, rangeai mes papiers, consignai la carte dans mon étui, et m'affalai ainsi que la coutume l'exigeait de mes semblables. Alors, je résolus de porter mes desseins plus loin que le regard d'autrui. Je fixai l'insensible horizon des jours à venir.

Quand je me retourne vers cette période lointaine, à l'heure même où je couche ces lignes, je réalise combien ma fraîcheur et -reconnaissons-le- mon inexpérience représentaient de danger. En cas d'échec de ma mission, le bureau s'engageait à couvrir mes bévues. Mais pouvais-je vraiment compter sur mes supérieurs ? Au fond, je ne connaissais d'eux que la bonne mine de Monsieur Desmet et les jambes sans fin de la blonde Martha, la Batave qui contreparaphait les consignes.

Je tuais comme il me semblait bon de tuer, avec naturel et violence, fort de mon bon sens qui me tenait lieu de théorie. J'ignorais encore qu'un pouce sur la lame d'un couteau à légumes rend l'acier si acéré et le geste si précis que l'égorgeur averti en délaisse tous les rasoirs. Plus simplement, je n'établissais pas de hiérarchie et tenais l'épanchement de sang pour une mise à mort en valant une autre. Avec l'âge, je me persuade que le crime parfait ne repose pas seulement sur l'absence de mobile, mais aussi sur l'économie du geste : la première innocente l'auteur, la seconde l'élève au rang d'artiste.

Car le meurtre élégant s'apparente au coup de queue sur le billard du monde : soit la victime choit aussitôt dans le trou, soit l'exquise succession des chocs l'y précipite. On atteint à la perfection quand la mort surgit à la manière d'un imperceptible glissement des lois de la nature. Les plans, les complices, les effusions, les tractations gâchent l'épure.

Pourtant, je me renierais moi-même si j'excluais l'un ou l'autre mode opératoire. A vous le récit d'un crime de sang ! Les années 90 coïncidèrent avec l'essor de la musique techno. La jeunesse se réunissait dans d'immenses discothèques qu'on appelait désormais boîtes. Elles portaient mal leur nom, car les propriétaires y voyaient plutôt une manière de tiroir-caisse où l'on débitait des litres de whisky coca à des prix exorbitants. De l'extérieur, ces mêmes boîtes ressemblaient plutôt à des coffres-forts : l'on n'y entrait qu'en respectant un code strict. La couleur de peau, le look, la coupe de cheveux... Les videurs, plus massifs que musclés, engoncés dans leurs mocassins à glands et leurs vestes de cuir bon marché vérifiaient tout, se laissaient graisser la patte au besoin, jugeaient de qui pénétrerait le Saint des saints ou resterait dans le profane.

Il faut croire que la ferveur qu'on mettait à se ruer dans ces lieux en valait le prix. Sans doute y renouait-on inconsciemment avec les antiques Mystère d'Eleusis. Quand les jeunes mystes, adoubés par les cerbères, passaient les détecteurs de métaux, ils se sentaient sous la protection de quelque divinité païenne. Contrairement à leurs prétentions, on ne trouvait en eux rien que ce qu'ils qualifiaient de cool. Corsetés par leur timidité, la plupart se rendaient illico au bar et commandaient le divin nectar. Bientôt, l'alcool les griserait : ils se sentiraient mollir et tendraient un billet aux pourvoyeurs d'ambroisie. Alors, l'ecstasy, moderne cycéon, les élèverait au rang de héros, l'espace d'une nuit.

A quelles divinités ils adressaient leurs prières ou consacraient leurs danses, ils l'ignoraient. Moi seul devinais que cette musique si assourdissante confinait au silence de la nuit. Moi seul remarquais qu'en ces dix dernières années du deuxième millénaire, l'on ne s'habillait que de blanc et de noir. Moi seul reconnaissais, dans cette mise, les deux visages d'une même déesse : Diane. Diane, oui, tantôt Séléné, la lune blanche et étincelante, tantôt Hécate l'ombre noire au coeur de la nuit. Et moi seul, instruit de ces mystères, je dansais parmi les mortels qui aspiraient à goûter à sa divinité.

Les flashes des stroboscopes dérobaient au monde ses couleurs : tout devenait noir et blanc. Aussi, le mouvement disparaissait, réduit une succession d'instantanés. Les corps, beaux comme l'antique, rendaient des reflets de marbre blanc. Figés, à chaque fraction de seconde, dans d'improbables pauses de Laocoon, ils s'autorisaient à la transe quand les synthétiseurs résonnaient. Levant les bras au ciel, ils sautaient plus haut et imploraient à leur insu la déesse dont ils ignoraient le nom. Cependant, ils se pénétraient des rythmes insensés de ces accords fracassants que je ne percevrais qu'une fois le sang versé.

Sur une table haute, un serveur, parodie de Ganymède, oublia un tire-bouchon. Je m'en saisis, sortis le coupe-collerette, solidarisai la lame et ma main à l'aide du pouce, avisai une danseuse qui me tournait le dos. Un foulard retenait ses cheveux relevés en chignon et dégageait son cou de cygne. Entre deux flashes, je sacrifiai à Hécate et frappai la jeune femme à la carotide. Au flash suivant, j'esquissais un pas de côté. Elle perdait du sang. A peine s'en apercevait-elle que je m'éloignais. La musique abrutissante rendait inaudibles les cris de douleur de la victime. Entre les flashes, ses rictus ressemblaient à des mimes enthousiastes. D'ailleurs, sous l'emprise des drogues, personne ne les voyait. Quand elle aspergea de son sang ses voisins, certains, incrédules, reculèrent. La danseuse continuait à se vider de sa substance et s'effondra. Une minute s'écoula avant qu'on ne donne l'alerte.

Depuis longtemps, l'arme du crime gisait au fond d'un seau à champagne. Pas une tache ne maculait mes mains. La pureté du geste. Les stroboscopes cessèrent de scander les pas de la foule. Avec eux, le coeur d'Iphigénie cessa de battre. La déesse Diane n'intervint pas ce soir-là comme jadis lorsqu'elle arracha la fille d'Agamemnon à l'autel pour la conduire en Tauride. Les dieux s'avéraient moins cruels dans les temps anciens.

Deux minutes plus tard, je partageais un taxi avec un inconnu. Nous croisâmes les secours qui arrivaient, toutes sirènes hurlantes, en sens inverse. L'impératif du crime m'apparaissait comme une évidence. Sa gratuité, sa violence, sa singularité constituaient mon illisible signature. En l'occurrence, le meurtre dont je viens de rapporter le récit, ne relevait guère d'une mission. Son efficacité reposait sur un pilier : il ne s'inscrivait dans aucun cadre.

Pour cette raison, je refuse également toute forme de couverture, puisqu'il ne s'en trouve de meilleure que la vie elle-même. Je mène donc une existence paisible et n'interviens à la demande des Services Spéciaux que là où mon chemin me conduit.

Bien sûr, à dix-huit ans, je ne pouvais compter sur une telle assurance, et je me réjouissais de jouer le rôle d'un secrétaire particulier au Business Centre du Grand Hotel de Taipei - Taïwan. Somme toute, j'y gagnais mes galons. Mon premier séjour venait de s'achever sur le décès aussi accidentel que programmé de mon supérieur, un fat qui naguère encore se baignait avec son sèche-cheveux. D'un tempérament hermétique à la nostalgie, je me réjouissais à l'idée de rencontrer mon nouveau chef.

Je ne savais pas si je devrais l'éliminer étant donné que les ordres n'arriveraient qu'en cours de mission. Pour l'heure, je ne pouvais compter que sur peu d'informations : ma patronne se nommait Clara Vernier. Et dans moins de trois jours, je me mettrais à sa disposition.

Les heures s'écoulèrent, lasses et monotones. Le bourdonnement des réacteurs finit par susciter cet inévitable lancement qui rappelle aux méninges combien la terre semble immense quand on s'enferme dans une boîte en acier. Les revues, films, reportages et en-cas se succédaient, risibles baumes pour qui ne parvient plus à fixer ses pensées. Alors, je laissais mes souvenirs voguer vers Taïwan et atteindre Taipei avant que mon corps ne pose le pied à terre. Un sourire s'esquissa sans doute sur mes lèvres lorsque j'évoquai le souvenir récent de Xiao Ming. Je venais de connaître une brève idylle avec la belle inspectrice, je crois même qu'elle me devait la résolution d'un crime, mais que, malgré ce coup de main, elle ne me pardonnerait jamais vraiment, au plus profond de son coeur, de me vautrer désormais dans les bras de son frère Xiongdi. Sautant d'une image à l'autre, je revis Ming Xiaojie, la grande soeur, ma collègue au Business Centre du Grand Hotel, celle qui m'introduisit dans la fratrie des Ming.

Je crois que je les pouvais compter pour amis : Ming Xiaojie, Xiao Ming et Xiongdi.

Suffisamment en tout cas pour me sentir leur obligé, car, après tout, ce qui me réjouissait surtout à l'idée de prolonger ma mission à Taipei, résidait en une promesse. En effet, je me revoyais encore, ma mission accomplie, annoncer à la jolie Xiao Ming que je devais quitter précipitamment l'île. Ses yeux brillèrent et elle parvint avec peine à empêcher ses larmes de sourdre : elle m'aimait. Mue par un étrange mélange de résignation et de piété familiale, elle acceptait que mes désirs me portent vers son frère Xiongdi. Elle ravalait ses regrets et martelait dans son for intérieur le caractère « amour » pour lui substituer celui d' « amitié », si proche l'un de l'autre en chinois.

Xiongdi. J'éprouvais pour lui une attirance qui me ravissait, et que j'estimais au moins égale à celle qu'il ressentait pour moi. Pourtant, il ne s'agissait pas là des flèches de Cupidon ou de tout autre charme mièvre de Vénus. Non, un pacte nous liait. Je me rappelais cette scène primordiale comme si je la vivais encore à l'instant même de son évocation : un mariage, un crime simple et brutal ainsi que j'aime à les commettre, une femme qui hurle en découvrant le cadavre, l'inspectrice Xiao Ming qui s'enquiert auprès de son frère, et ce dernier de me couvrir avec le flegme d'un grand seigneur. Non, il ne m'aimait pas encore ; il me craignait faute de me connaître ; cette compromission, il ne la devait qu'à son abnégation, à son désir viscéral et si chinois de protéger les siens ! Sa soeur, l'inspectrice Xiao Ming, maîtresse d'un assassin occidental... L'opprobre de cette éventualité, le déshonneur qui en rejaillirait sur toute la famille, et sur elle en particulier, dernière fille mariable quand tout le monde savait sa soeur trop vieille pour porter un enfant ou lui incapable de s'unir à une femme, la honte tout simplement lui dictèrent sa conduite. En prétextant que nous nous entretenions, lui et moi, au moment même du meurtre, il nous couvrait Xiao Ming, l'honneur du clan, et votre serviteur. Le désir procéda du pacte.

A ma mémoire, les traits de Xiongdi semblait étrangement plus flous que ceux de la jolie Xiao Ming. Je revoyais le carré d'ébène qui encadrait son visage fin et pâle de Mandchoue, le grain de beauté qui rehaussait le pavillon de son oreille, la mèche rousse qu'elle teignait avec application. De

Xiongdi, je ne garde que peu d'images de cette époque où il ne portait pas la barbe. Je me souviens de la douceur de sa peau qui glissait, fluide sous mes doigts, ce grain parfait qui sur toute l'étendue de son dos ne trahit jamais de défaut, le parfum de sésame sucré qui s'en exhalait, son accent guindé quand il parlait anglais. Je me rappelle qu'il portait les cheveux mi-longs, coquetterie qui adoucissait la rigueur des traits chez ce quarteron de Japonais.

Peu de temps avant que je ne regagne l'Europe, il me demanda si je l'épargnerais. Nous nous reposions alors de nos ébats dans la moiteur d'un sauna, et tandis qu'il m'interrogeait de la sorte, passant sa main dans ma toison de jeune ours, je lui répondis qu'il gagnerait à porter la barbe s'il voulait échapper à la mort. Je mentais : plus de vingt ans plus tard, je reconnais que je le désirais trop pour me priver de ses étreintes.

Restait Ming Xiaojie, la soeur aînée, la secrétaire invisible qui contemplait le monde avec détachement. Point une sotte, mais une recluse à elle-même... Que savait-elle de moi ? Je l'ignore. M'appréciait-elle ? Suffisamment pour me présenter aux siens. Que me dévoilait-elle de sa vie pour que je l'élevasse au rang d'amie ? Si peu de choses, en vérité. Une ombre. Chargée de secrets, mais jamais je n'en sus aucun.

Les Ming savaient que je revenais à Taiwan. Fidèle à ma promesse, je les prévins de la date de mon retour. Avec Grany, les Ming représentaient les seuls humains auprès de qui je ressentais l'envie de me blottir. Et parmi eux, seul Xiongdi de mes maux secrets s'avérait parfois le dépositaire.

*

On atterrit à Hong Kong au petit matin. L'escale de deux heures ne me permit pas de découvrir la ville. Le monde grouillait dans cette structure trop petite pour la prospère cité-état, mais il fallait se résigner : l'aéroport international de Lantau, vaste et luxueux, ne demeurait encore qu'un vague projet. Mon vol accusa plus d'une heure de retard. L'esprit englué dans son ennui, j'en conçus une colère sourde. Mais quand j'avisai le public qui attendait dans le salon d'embarquement, une heureuse constatation m'extirpa un sourire d'aise : depuis la britannique Hong Kong, je semblais le seul occidental à relier Taipei.

J'écoutais les conversations, feignant l'ignorance. Car, somme toute, je revenais d'un premier voyage de près de trois mois. J'en gardais une oreille déjà acclimatée aux sonorités musicales du mandarin. Bien plus, aux « ya » et syllabes un peu traînantes qui caractérisent le phrasé des locuteurs de Formose, je distinguais entre les Taïwanais et les autres Chinois d'outre-mer. Le contenu exact des conversations m'échappait, mais je parvenais à discerner les linéaments du sens. Je me sentais presque chez moi parmi ces gens, aussi en sécurité que dans mon antre de Bruxelles.

Le soir tombait quand nous atterrîmes. Les réacteurs se turent ; une sonnerie retentit, signalant la fin du vol ; les portes s'ouvrirent et l'air de Taipei envahit l'habitacle. Chassant les miasmes froids de la climatisation, un souffle tiède caressa mes narines, chargé d'un parfum de Chine. La température avoisinait les 20 degrés en cette jeune nuit de novembre. Quand on passa le portail qui menait à la salle des bagages, l'entêtant fumet d'un cuiseur de riz qui chauffait dans quelque réduit, me confirma que je foulais le sol de ma chère Formose. Des policiers à casque blanc et lanière au menton encadraient le poste de douane où l'on tamponna mon passeport, et balisaient de leur présence même le couloir qui menait au hall des arrivées. Le portail de fer coulissa avant de me cracher à la face d'une horde d'inconnus qui attendaient des proches.

J'accélérai le pas et me réfugiai dans un coin calme pour ranger mon passeport et vérifier qu'au terme de ce périple, je conservais un semblant d'humanité. J'aspirais à une douche et résolus de m'engager sans retard dans la file des taxis : pas plus que lors de son premier voyage, le petit secrétaire ne s'attendait à bénéficier d'un accueil personnalisé. Las, j'allais m'engager dans le portail à tourniquet quand un bras me retint. Je tressaillis.

-Tu ne m'entends pas ?

Je me retournai, sur mes gardes. Un homme jeune me regardait, arborant un sourire discret et aimable. L'espace d'un instant, je ne le reconnus pas. Xiongdi. Pantalon de toile bleu marine, T-shirt côtelé et veste légère assortis. Une émotion me submergea. Il me semblait transformé ; je réalisai qu'il portait désormais les cheveux courts.

-Xiongdi ! répondis-je. Si je m'attendais...

-Je savais que tu arriverais aujourd'hui de Hong Kong.

Par principe, je reste généralement avare d'informations : il ne pouvait tenir de moi l'heure de mon arrivée. Il suffisait de le regarder, le trait tiré et le front discrètement brillant d'une sueur sèche pour comprendre qu'il se trouvait dans ce hall depuis le matin, épiant les passagers de tous les vols en provenance du Commonwealth. Je lui sus gré de cette prévenance qui frisait la dévotion, mais préférai taire mes conjectures et déductions, soucieux de ménager la face de Xiongdi. Il aimait à afficher un flegme quasi britannique, et répugnait à l'expansivité. A mes heures, je m'accordais à ce pli. Pour la forme, il s'empara d'un de mes sacs à dos et m'escorta jusqu'au point d'embarquement des taxis. Une multitude de voyageurs attendaient, ce qui ne nous désespéra guère tant les Chinois témoignent d'expérience dans la gestion des masses.

Sans doute la foule rendait-elle nos échanges malaisés. Je me contentai de lui avouer combien je me plaisais à le revoir. Il me souhaita la bienvenue en chinois. Nous parlions une langue à nous qui tanguait entre Lao She et Shakespeare suivant les thèmes et nos humeurs.

Xiongdi, dont le sang charriait sa part de Japonais et de Mandchou, vouait un culte au silence à la manière des Finlandais, ses lointains cousins. Ce tropisme me troublait profondément, moi qui ne sacrifie que mes crimes au mutisme et résous le reste de mon existence dans la dialectique. A travers la nuit noire, le taxi accéléra sur la rocade, comme aspiré dans les lumières de la cité. Seule l'Asie sait éclairer les villes, art auquel l'Occident ne s'entend guère. Je sentis le petit doigt de Xiongdi s'approcher de ma main. Je répondis à son geste en me tournant vers son visage dont l'ombre se détachait des ténèbres à la faveur des lueurs nocturnes.

-Bonne idée ! lui lançai-je.

-Pardon ?

-Les cheveux courts, cela te va très bien.

-Merci, conclut-il en esquissant un sourire.

En se défaisant d'une coiffure mi-longue qui sacrifiait à la mode du temps, Xiongdi cherchait à me complaire. Les traits de son visage, soulignés par ses cheveux coupés à moins d'un centimètre, s'affirmaient remarquablement et gagnaient en rigueur. Cependant, je discernais la naissance anarchique d'un collier de barbe : en marge de quelques poils durs qui peinaient à poindre, d'autres, confinant au duvet, poussaient comme herbes folles. Je ne pouvais manquer de lui signaler mon approbation :

-Les ours ne se dévorent pas entre eux : en portant la barbe, tu ne risques plus rien de moi.

Au même moment, je lissais ma moustache entre le pouce et l'index. Le sourire de Xiongdi se crispa : il réprimait un éclat de rire. Nous partageâmes un chewing-gum en prévision des baisers à venir.

*

Mademoiselle Li nous accueillit à la réception

du Grand Hotel. Beauté de Chine que rehaussait encore sa robe fuseau, elle me gratifia d'un sourire cordial et sincère.

-Bienvenue à vous ! Je viens justement de remarquer votre nom sur la liste. Quelle joie de vous revoir à Taipei !

Travaillant au Business Center de l'Hotel, lequel se trouvait précisément sous la réception, je croisais quotidiennement mon hôtesse. Ma mission de secrétaire et ma fréquentation assidue des lieux m'introduisaient dans le cénacle restreint de ceux grâce à qui tournait la vénérable institution. Avec ses portails arrondis à la mode mongole, ses dorures, ses colonnes rouges et ses dragons, le décor du Grand Hotel offrait à ses hôtes un condensé de l'Histoire de la Chine. On racontait que des fantômes hantaient le lieu, ce que, par coquetterie, j'inclinais à croire.

La rigueur baroque de la place intimait au visiteur un code respectueux des usages les plus sévères. Je ravalai mes sentiments et me conformai à la distance que me dictait la situation bien que Mademoiselle Li m'apparût comme une personne digne d'une accolade :

-Nous voilà repartis pour trois mois de collaboration !

-Nous nous en réjouissons, répondit la belle dans un anglais pointu. Votre supérieure, Madame Vernier vous attendra demain à 14 heures.

Mademoiselle Li ne mentionna pas la mort de son prédécesseur. Je compris qu'on étouffait l'affaire et n'en demandais ni plus ni moins. Je présentai sommairement Xiongdi qu'elle connaissait indirectement par l'intermédiaire de sa collègue Ming Xiaojie. Un rapide salut s'en suivit avant que le groom s'empare de mes bagages. L'ascenseur gravit les étages : j'occuperais la même chambre que précédemment, celle qui flanquait la suite administrative de Madame Vernier. Les étages défilaient quand une idée incongrue jaillit à mon esprit : préviendrait-on mon chef qu'elle dormirait dans le lit du mort et se prélasserait dans la baignoire où on le retrouvait naguère, électrocuté et surnageant piteusement par mes soins ? Je trouvais, à cette perspective, que la direction de l'Hotel péchait par une faute de goût manifeste.

Arrivé dans la chambre, je réalisai l'ampleur

de ma fatigue : je ne possédais plus un seul dollar taïwanais. Xiongdi, prévenant, tendit un billet au garçon qui referma la porte derrière nous. Seuls.

-Merci !

Il me poussa sur le lit. Je ne me défendis guère et y tombai sur le dos, rebondissant vaguement sur l'épaisseur molle de ce nid. Mon assaillant s'affala sur moi. Je me sentais las et sale, en peu de mots, indigne de nos retrouvailles et redoutais confusément qu'il n'entreprenne de m'étreindre plus avant. Mais, en l'occurrence, je ne me confrontais là qu'aux angoisses bien banales des amants voyageurs. Il se contenta de déposer un baiser sur mes lèvres. Son haleine sentait l'eucalyptus ; je présumai que ma bouche exhalait le même parfum, ce qui me rassura. Sentant mon désir poindre, je me ragaillardis.

-Wo gaoxing, murmurai-je en mandarin.

Je venais de lui témoigner ma satisfaction.

-Wo ye gaoxing.

Lui aussi.

Il tenait, passé à son index, un anneau où pendaient deux clefs. Il se laissa glisser sur le côté, s'accouda et approcha l'objet de mon visage.

-Choisis : je peux soit rester ici, soit partir ; tu peux soit rester soit venir chez moi.

Xiongdi, le calligraphe, vivait son existence comme son art : en perpétuel mouvement. En acceptant son baiser, je savais que notre idylle ne durerait que l'espace d'un instant, et ne survivrait pas plus loin que mon séjour à Taïwan. Comme le papillon de nuit, nous devions porter à notre crédit chaque heure au risque de regretter nos hésitations. Ainsi, le papier de riz boit l'encre sous la main qui tremble.

Que redoutais-je en effet, sinon des regrets à venir ? Par ailleurs, je ne me reconnaissais plus : imputant à ma fatigue mon manque d'assurance, je résolus de reprendre en mains les rênes de mon destin. J'agrippai le trousseau, me relevai, saisis le sac de cabine où je ne conservais qu'un nécessaire de toilette et un peu de linge de rechange en cas de perte des bagages.

-Allons-y ! conclus-je.

Ainsi Xiongdi devint-il le premier homme dont je partageai les jours.

*

Le taxi passa le portail traditionnel qui délimitait le domaine du l'hôtel, et se jeta sur Bei'an Road afin de longer le fleuve Danshui vers l'est dans la direction du district de Neihu. Il continua sur Mingshui avant de s'engager sur Lequn Road. Le paysage urbain changea progressivement : par les grandes artères qui ceinturent Songshan, le centre le Taipei, on parvint aux quartiers résidentiels de Neihu Road jusqu'à Lishan. Les lumières éclairaient une vie locale aussi grouillante que familiale.

La voiture s'arrêta devant un immeuble original, bâti à la manière des pyramides à niveaux où les appartements se cachaient derrière des terrasses arborées. Je réglai la course à l'aide de ma carte, bien décidé à garder l'initiative alors que je m'apprêtais à pénétrer dans les jardins suspendus de Babylone. Je dissimulai ma surprise : je m'imaginais Xiongdi habiter soit dans une tour vieillotte, un peu sale et impersonnelle, soit dans une villa de riche patricien. Peu avant, j'excluais encore qu'il appartînt à la race des bourgeois bohème.

Rien ne transparut sur mon visage. La première clef, la plus simple des deux, ouvrit le vestibule de l'immeuble ; l'ascenseur nous éleva à plusieurs étages de là et j'introduisis le sésame d'acier dans la serrure de mon nouveau logis : la grille de ornementale béa ; la même clef ouvrit la porte proprement dite. A y réfléchir, ce voyage répondait à des impératifs dénués de toute raison. La route qui séparait le discrict de Neihu du Grand Hotel planté sur les hauteurs de Zhongshan, s'étalait sur une petite dizaine de kilomètres. A cette heure avancée, il fallait une vingtaine de minutes pour parcourir la distance ; le lendemain, dans les embouteillages, nous en compterions probablement le double. Ce gâchis s'avérait manifeste à la comparaison : à l'hôtel moins de 50 mètres séparaient ma chambre de mon bureau. Bien plus, je venais de traverser la terre, manquais de sommeil et m'engluais dans ma crasse. Et, pourtant, je me sentais le corps léger.

Je déposai mon sac, me déchaussai selon l'usage et avançai dans la pièce principale en direction de la baie vitrée. Le séjour en forme de

T oblong regardait vers le sud sans vis-à-vis. L'un des jardins suspendus assurait l'intimité sur l'aile gauche tandis que la droite s'ouvrait vers un horizon pur où, dans la nuit noire, scintillait l'aurore orangée de Taipei.

-Cela te plaît-il ? me demanda Xiongdi qui s'approcha de moi et me saisit par la taille.

Je ne répondis pas, tout à ma contemplation.

-En réalité, il appartient à ma soeur, Ming Xiaojie. Elle me le laisse, car il me faut une pièce pour mes travaux. Elle préfère vivre dans l'ancien appartement de nos grands-parents sur Songshan. A leur mort, elle ne pouvait se résoudre à le louer à des inconnus.

J'acquiesçai à cet historique qui m'en apprenait beaucoup sur la dévotion de ma collègue.

-Je voudrais prendre une douche... implorai-je avec des yeux de cocker.

-Bien sûr ! répondit Xiongdi.

Confus de ne point prévenir ma détresse, il s'affaira et m'introduisit dans la salle d'eau où il m'abandonna avec un infini respect.

*

Je ne me reconnaissais pas, et craignais de devoir renoncer à ma mission. Je me reposais sur Xiongdi, émettais des demandes, perdais jusqu'au désir de maîtriser l'univers qui m'entourait. Dans cet état, je me jugeais incapable de dégainer toute lame, et quand bien même, par inadvertance, j'abandonnerais sur la place tant d'indices qu'on me bouclerait pour mes dix derniers crimes. Cependant, ma langueur me plaisait. Ni la fierté de ma promotion, ni ma joie de revoir Taipei ni la fatigue n'expliquait mon désarroi. Je me brossais les dents quand mes yeux croisèrent dans le miroir mon visage défait.

Un trouble s'élevait dans mon âme éperdue.
Mes yeux ne voyaient plus. Je ne pouvais parler.
Je sentais tout mon corps et transir et brûler.
Je reconnais Vénus et ses feux redoutables,
d'un sang qu'elle poursuit, tourments inévitables.

J'écorchais les vers de Racine qui se dévidaient depuis l'écheveau de ma mémoire. La déesse me punissait-elle d'amour pour l'indifférence avec laquelle j'achevais mes victimes ? J'aimais, le nierais-je ? Sans passer par le coup de foudre, je venais d'accéder à un état supérieur, celui de l'amour à maturité, celui sur lequel on se repose en rentrant au bercail... *Home and dry...* Ridicule chimère. Mon esprit divaguait de la sorte, entre joie et inquiétude lorsque je tournai le régulateur de la douche à l'italienne. L'eau m'aspergea, vite chaude. Ses vagues roulaient sur mon corps, retombaient à gros bouillons, et s'abîmaient dans l'évacuation au sol, insensiblement guidées par l'inclinaison du pavage ; les dalles couleur terre conféraient à la pièce une teinte chaude.

*

Xiongdi me rejoignit bientôt. Sans doute l'instant d'avant évaluait-il, nu derrière la porte, le temps imparti à mes ablutions. Je n'y songerais que plus tard, et l'accueillis avec un fou rire. Pour sa part, il souriait largement, visiblement apaisé. Il abaissa une poignée : le jet s'interrompit, laissant la place à une pluie souple qui nous couvrit tous les deux. Nous nous enlaçâmes sous l'averse chaude. Nos langues vinrent à la rencontre l'une de l'autre. Ma main caressa ses cheveux courts et doux comme un velours, projetant au passage de mes doigts une myriade de gouttelettes infimes. De sa nuque, je parcourais la peau souple et pleine de suc. La blancheur nippone de son corps confinait au gris de la perle ou au manteau blanc des graines de pavot. Et toujours, ce parfum sucré dont je m'enivrais. Parfois, mes yeux aveuglés par l'eau osaient s'entrouvrir et distinguaient entre les baisers ses iris de jais, serties dans l'étroite amande de ses paupières. De là, il tirait une rigueur toute japonaise, exacerbée par sa mise quasi martiale.

Près des oreilles, petites et charnues, les favoris le disputaient au cheveu, tandis que, plus loin, une barbe trop jeune, piquée encore, se consolait d'un mince duvet. Le bouc, à peine plus vaillant, annonçait déjà celui que s'autoriserait vingt ans plus tard Takeshi Kaneshiro. Il me sembla plus massif que lors de notre première rencontre. Cela me ravit. Sous mes doigts saillaient des muscles forts et sans apprêts qui se cachaient sous sa chair généreuse. Car je connus Xiongdi à l'âge des équilibres précaires ; certains le trouvaient mince encore, d'autres, sans doute, je jugeais à la lisière de l'embonpoint. Nous nous y entendions : il se serrait contre mon ventre naissant dont les poils échauffaient son cuir glabre.

Sensiblement de la même taille, nous esquissions une manière de danse sous la pluie chaude de la douche et rien ne semblait pouvoir interrompre nos baisers. Nos lèvres accolées, nos joues se caressaient l'une contre l'autre. Xiongdi riait de mon nez, paradoxalement si asiatique, petit et retroussé. On sortit pourtant. Le froid de la douce nuit de novembre saisit nos peaux humides. Xiongdi jura : le drap de bain dormait encore dans le sèche-linge. Sotte imprévoyance ! J'agrippai la petite serviette qui pendait à côté du lavabo, et m'amusai à essuyer mon amant du mieux que je pus. Il me rendit la pareille, mais renonça vite : on ne pouvait rien tirer de ce tissu détrempé.

Nus, nous traversâmes le salon en courant et nous abritâmes sous les couvertures du grand lit blanc d'où l'on mirait l'horizon par la baie vitrée. Coquette dépravation, songeai-je, qu'une couche ouverte sur le ciel comme un nid. Et l'on continua à s'embrasser, frissonnant d'abord, puis blotti dans le cocon chaud de la couette. Plus encore que l'instant d'avant, le grain de sa peau sèche maintenant exhalait son parfum de sésame et de miel. Car tous mes amants se distinguèrent par des saveurs et fragrances exquises : musc et chocolat, camphre et anis, pain et beurre, leurs images s'effaceraient-elles de ma mémoire, mes sens les raviveraient plus puissamment que l'entrelacs des mots.

De même, dans l'euphorie des sens, nous nous enivrions depuis longtemps et celui qui réduit l'étreinte à l'emboîtage génital, ne vaut pas mieux qu'un sot ! Au contraire, naguère déjà, le baiser échangé au Grand Hotel sonnait le début de la mêlée et celle-ci ne cesserait, lasse, qu'au petit matin, interrompue par des instants où les veilles le disputaient aux sommeils légers. Car je n'enlaçais Xiongdi que pour la seconde fois, et ceux qui aiment à collectionner les aventures savent ce détail: à l'étreinte héroïque et brutale de la première rencontre en succède une deuxième où la tendresse lascive s'insinue entre des corps qui se connaissent déjà. Elle en vient à enserrer les amants dans sa gangue et les y préservent aussi longtemps qu'ils s'autorisent à échanger leurs baisers.

Quant à la troisième étreinte, elle se révèle souvent piètre en soi, mais se charge d'une valeur symbolique et implique un dilemme : le couple s'y forme ou s'y sépare. Si l'on y consent, il en procède une autre manière d'échanger les baisers, plus apaisée et rituelle. Si l'on s'y refuse, la chasse reprend jusqu'au trophée suivant. Le désir ne relève du manque que pour celui qui ne s'y plaît guère !

*

Les barrettes lumineuses du réveil de Xiongdi indiquaient 7 heures lorsque j'ouvris les yeux, parfaitement reposé. Mon court séjour en Europe n'y changeait rien : je me recalais spontanément sur l'heure de Taipei. Dehors, le soleil me précédait de près d'une trentaine de minutes, probablement, et éclairait la ville dans un écrin de verdure et de brume. On percevait le vrombissement lointain des voitures gagnant Songshan. Toute la matinée s'offrait à moi qui, paresseux, fixai l'heure de mon départ à midi. J'arriverais suffisamment en avance au Grand Hotel pour défaire mes bagages, repasser un costume et me présenter à ma nouvelle patronne. Je voulais régler la sonnerie de ma montre, mais je ne la trouvai pas : sans doute gisait-elle encore près de mes vêtements dans la salle de bain. Qu'importe ! Je me lovai contre Xiongdi qui somnolait encore, offrant à ma poitrine tout l'espace de son dos. A mon approche, il se retourna et, s'inclinant de trois quart, accueillit mon visage sur son épaule. Baiser chaste sur les lèvres. Peur de l'haleine des matins ensommeillés.

-Encore quelques minutes, proposai-je.

-Au moins, répondit-il.

Des oiseaux se posèrent sur la terrasse arborée, mais leurs pépiements ne parvenaient pas jusqu'à nous. Nous les regardâmes glaner qui un ver qui une graine et reprendre leur envol. Je réalisai que je mourais de faim bien que je ne me sentisse pas le courage d'affronter cette triste contingence. Dans quelques minutes, la réalité prendrait le dessus. Il faudrait passer aux toilettes, chercher des vêtements, se préparer un frichti, autant de tâches pour lesquelles j'alignerais ma conduite sur Xiongdi. Tout cela pouvait bien attendre. 7 heures 8. Je ne tiendrais plus très longtemps. L'envie me taraudait de me lever.

*

7 heures 9. Tour de clé dans la serrure de la porte extérieure !

-Ta made !

Xiongdi venait de jurer, sortant du lit comme une furie et s'enroulant dans le couvre-lit qu'il agrippa au passage. Je me crus un instant dans un vaudeville, mais, connaissant notre homme, doutais qu'une épouse surgisse dans l'appartement. Je me penchai sur le côté du matelas à la recherche de mes vêtements. Sur les lattes du parquet, je ne vis que préservatifs gisant près de leurs enveloppes déchirées : à l'aide de la boîte, je repoussai sous le cadre l'odieux spectacle. Cependant, la voix de Ming Xiaojie, joyeuse et affectée, résonnait depuis le hall. Celle de Xiongdi, acérée comme une lame d'acier, l'interrompit séance tenante à l'instant précis où je me revis, la veille, abandonner mes défroques dans la salle de bain. Si je me réveillais de ma nuit de noces, je me trouvais aussi nu que la Vénus sortant des flots !

Les vêtements de Xiongdi, soigneusement pliés sur la chaise qui flanquait le lit, m'offrait une heureuse alternative à la nudité. Je la saisis sans hésitation. Je me glissai dans son pantalon de toile bleu, parvins à le boutonner de justesse en rentrant le ventre. Il fallait que je me presse : je sentais la tension monter entre le frère et la soeur. Le T-shirt, par miracle, ne me serrait pas trop. J'apparus.

Ming Xiaojie prétextait un cartable oublié la veille, qu'elle repassait chercher avant de se rendre au Grand Hotel. Son frère lui reprochait l'usage abusif de la clé, signifiait qu'il lui payait un loyer et lui rappelait qu'elle devait respecter son intimité. Pour qu'il lui pardonne, elle apportait quatre baozi pour le petit-déjeuner.

« Quatre ! » s'écria Xiongdi qui trouvait cela beaucoup pour un cartable oublié et la soupçonnait de duplicité : prétexte que ce cartable... Elle venait fureter !

Je ressentis une profonde fierté. Cette poussée d'adrénaline m'aiguisait les oreilles : je comprenais l'essentiel de cette mémorable dispute dans sa version originale.

-Ni lai la ! s'exclama la soeur à ma vue.

« Te voilà arrivé ! » Ming Xiaojie, trop honnête pour duper quiconque, feignait la surprise. Sa joie me parut sincère, mêlée sans doute d'une dose de soulagement à mon épiphanie : aussitôt, le ton s'adoucit. La scène ne manquait pas de mordant : Xiongdi, enroulé dans le couvre-lit, ressemblait à un patricien romain arbitrant entre un barbu engoncé dans des vêtements trop étroits et une secrétaire gentiment hypocrite. Cette dernière m'embrassa sur les deux joues – à l'occidental - ainsi que nous nous saluions de coutume. Cet usage versait, pour elle, dans le comble de l'excentricité et lui conférait, sur l'instant, une excitation d'adolescente.

Point de doute : si l'affaire du cartable

s'avérait, la raison majeure de sa visite se trouvait devant elle. Rassurée de me voir bien arrivé, elle partit le coeur léger au travail et ne manquerait pas de téléphoner à son inspectrice de soeur. Ainsi tournait le monde de la famille Ming.

Quand elle tourna les talons, Xiongdi, d'un geste calculé, claqua la porte assez fort pour lui rappeler une dernière fois son objection. Mon accoutrement l'amusa avant que la routine ne submergeât l'émotion du réveil. Tandis qu'il se douchait, j'alignai ses vêtements sur le lit sommairement refermé et ôtai de mon sac à dos, un slip propre que j'enfilai. Avec la permission de mon époux tout neuf, je fouillai dans les armoires, dégotai deux tasses, jetai une grosse pincée de feuilles dans la théière où bientôt fuma l'eau frémissante. Sur le plan de travail de cette cuisine à l'américaine, un pot de café soluble et du lait lyophilisé récemment achetés et mis en évidence. Xiongdi, prévoyant, savait au fond de lui-même que je passerais la nuit chez lui. Devant le bar qui séparait symboliquement la cuisine ouverte du living, une table ronde, de couleur blanche et d'un style très 70 avec son pied évasé, accueillit les tasses, le thé, la bouilloire électrique et le sachet de baozi chauds encore.

-Je vois que tu t'installes, remarqua Xiongdi en sortant de la salle de bain.

Il s'assit devant le petit-déjeuner, visiblement satisfait de ma débrouillardise.

*

En croquant dans la pâte molle, le coulis de haricot fondit dans ma bouche, légèrement râpeux et sucré, toujours surprenant. Ainsi la Chine resterait-elle pour moi la culture des extases culinaires.

-Je me doutais qu'elle viendrait, mais au moins, je voudrais qu'elle téléphone, maugréa-t-il.

-Tout va bien maintenant. De la curiosité, rien de plus.

-Réfléchis : nous pouvions tout aussi bien baiser dans la cuisine au moment où elle entrait.

Nous nous retournâmes et ne rîmes pas autant que la situation le permettait... La perspective d'une étreinte gastronomique effleura nos sens et s'abîma dans le silence des fantasmes à réaliser.

L'évocation se referma sur un sourire entendu.

L'appartement transpirait le célibataire de bonne famille. Peu d'objets de cuisine ; une hygiène strictement suffisante et sans apprêts. Aucun bibelot ou si peu. Quelques cartons de livres attendant un tri hypothétique. Des murs vides à l'exception d'un calendrier près du plan de travail et de calligraphies pendant aux quatre côtés des deux colonnes porteuses au centre de cette grande pièce en T. Quand on y pénétrait depuis l'extérieur, un lino gris -erreur de goût malheureux de la propriétaire- accueillait les hôtes. Sur la gauche, la cuisine et son bar, modernes avec une longue dalle de marbre noir pour plan de travail. Le mur de droite, désespérément blanc, abritait la porte de la salle de bain, puis des rayonnages de bibliothèques. Au loin, face à l'entrée, la large baie vitrée. Quand on s'en approchait, les ailes gauche et droite s'y déployaient. D'une part, la vue donnait sur le jardin suspendu. Contre le mur, le bureau de Xiongdi, chargé d'un Mac à écran A4, imprimante et scanner, trieur et bric-à-brac diffus qui trahissaient l'intellectuel bon teint. A côté, une porte close que je présumai ouvrir sur la buanderie ou un placard.

L'aile droite abritait notre lit, un couchage d'appoint en réalité, qui se repliait à la verticale dans son armoire, mais que Xiongdi laissait en l'état. Le dispositif, neuf, paraîtrait désuet aux occidentaux. Pour ma part, il ne m'étonnait pas de la part des Taïwanais qui acclimatèrent l'art de la fusion dans leur vie quotidienne avant les restaurateurs du XXIe siècle. Pas de téléviseur, ce qui me charma. Ailleurs, des placards de rangement s'encastraient dans les murs. Je peinais à distinguer ce qui relevait des installations originelles et ce que la décoration devait à Ming Xiaojie. Au centre, face à la baie, un coin salon : un vieux canapé et des poufs-poires rouges autour d'une de ces tables à thé qu'on nomme chaji. Tout le long des fenêtres où coulissaient des persiennes lorsque le soleil frappait trop fort, les lattes brunes d'un parquet remplaçaient heureusement le regrettable lino. De la tradition chinoise, il ne restait que l'autel encastré qui jouxtait le bar. L'encens n'y brûlait que rarement dans le cadre de bois rouge : Ming Xiaojie ne comptait pas sur

Xiongdi pour assurer les devoirs du culte.

*

-Xiongdi, de quoi vis-tu ?

Je décochai la question alors que la tondeuse à la main, je tâchais d'élaguer le duvet de sa barbe en épargnant les poils naissants. Il faudrait un mois au moins pour qu'il ressemble à un vrai ours. Je savais déjà mon mari calligraphe à ses heures.

J'appris avec fierté qu'il travaillait comme chercheur à l'Université Nationale de Taïwan. On le recrutait régulièrement en qualité d'expert pour établir l'authenticité de calligraphies anciennes. Le gouvernement de la République de Chine menait à cette époque une politique culturelle active, et glanait par le monde les oeuvres épargnées par les affres du maoïsme continental. On le consultait afin qu'il rendît un avis sur les calligraphies à acquérir par le musée national, les archives ou les départements de la recherche universitaire. Le reste, il le renvoyait sur le marché international de l'art. A l'occasion, il voyageait à Singapour et Hong Kong, là où se trouvait l'argent.

*

La barbe taillée, Xiongdi ne manquait pas d'allure. Je m'apprêtais à passer ma chemise, enlevée par crainte des poils pour les besoins de la cause, lorsqu'il lui plut de m'inspecter le dos. J'y portais encore quelques traces de notre première étreinte, un moment quasi mystique, où, de ses morsures, il grava le caractère de son nom sur mon échine. Les ecchymoses s'effaçaient : on ne distinguait plus qu'un camaïeu de vert et de jaune, qui l'amusait beaucoup. S'il acceptait de vivre avec un tueur, je pouvais lui concéder cette originalité. Au fond, il m'utilisait comme support à son art -insigne honneur,- et ne prétendait pas me retenir plus longtemps que notre liaison ne durerait. Sa marque s'effacerait comme ces morsures colorées, ce qui résumait beaucoup de la manière dont l'artiste voyait le monde.

-Il ne reste plus grand chose de mon nom sur toi, remarqua-t-il.

Puis, avisant le bas de mon dos, il esquissa une moue étonnée. Il croisa mon regard interrogateur et désigna une zone près de la hanche. Je me contorsionnai : de son oeuvre, on distinguait encore un point, infime en vérité, mauve à l'instar des ecchymoses récentes.

-Je ne pensais pas y imprimer ma marque si profondément.

Il sourit, un peu gêné de la douleur que j'y devais ressentir, mais se rasséréna : je ne souffrais aucunement, et, d'ailleurs, ne savais rien jusque-là de cette signature discrète qu'il laissait dans le coin inférieur droit de ses oeuvres. Un point unique, caillou du petit poucet, dans la forêt des calligraphes. Car en Chine, certains voient la langue comme un bois planté de la myriade de caractères de cet idiome millénaire.

Je contemplais les rouleaux qui décoraient les colonnes. Xiongdi ne voulait pas en parler : le temps manquait, car il devait partir à l'université. Il déposa mon trousseau de clés sur le bar, m'embrassa et m'abandonna à la solitude du logis. La baie vitrée prodiguait à la place une impression d'immensité qui ne lui appartenait pas en propre, et qu'accentuait le dépouillement de la décoration. Je m'installai dans le fauteuil et contemplai mon empire. Je me sentais bien.

Avant de visiter le quartier, j'entrepris de prendre possession de l'espace. Je voulus explorer le placard qui jouxtait le bureau, tournai la poignée, mais ne parvins pas à l'ouvrir. De la porte verrouillée, il ne se trouvait aucune clé visible, ni sur le bureau, ni au panneau porte-clés de la cuisine. Sans trop m'étonner, je conjecturai que la pièce renfermait vraisemblablement les effets de Ming Xiaojie. Au demeurant, je ne m'expliquais guère que cette femme d'éducation traditionnelle, achetât un appartement dépourvu d'une chambre isolée du séjour, mais ignorant tout des circonstances qui entouraient l'acquisition, je ne me formalisai pas. Pourtant, l'agencement architectural du lieu me semblait trop étudié pour éluder ce détail. Je ne voyais pas d'enchâssement savant de l'appartement avec celui du voisin, ni la possibilité qu'on sacrifiât tant de centiares à un placard : derrière la porte close se cachait une pièce d'habitation.

Mes soupçons s'étayèrent lorsque je partis

explorer le quartier. Depuis le rez-de-chaussée, la façade de l'immeuble alignait une file verticale de fenêtres grillagées. Celle de notre étage ne manquait pas et donnait vraisemblablement sur une chambre. Pourquoi Xiongdi sacrifiait-il tant d'espace ? Pourquoi scellait-il le lieu ? Les questions se pressaient dans ma tête alors que je m'apprêtais à sortir. Le gardien me salua timidement : j'ignore s'il savait par Xiongdi que j'habiterais chez lui, ou s'il craignait trop la barrière de la langue pour m'interpeller. En Chine, les étrangers bénéficiaient à tort d'un *a priori* favorable, ce qui me facilitait indûment la vie. Devais-je m'en plaindre ?

La visite des rues avoisinantes me persuada que le district de Neihu offrait un cadre et un lieu de résidence parfaits pour les familles ou, paradoxalement, les femmes comme Ming Xiaojie : on y trouvait tout à proximité, des breloques à vil prix aux produits inutilement coûteux. Epiceries, petits supermarchés, restaurants de quartier, l'endroit fleurait bon vivre, et l'alternance des habitations et des commerces conférait à la place un côté rassurant, sinon chaleureux. Des immeubles bourgeois s'enchâssaient entre des bâtissent populaires que dénonçaient les coques grises et vieillissantes des climatiseurs. Plus que tout, j'appréciais les scooters à l'italienne que les jeunes adultes pilotaient, fièrement, à côté des bicyclettes d'antan. Ces dernières, par endroit, s'alignaient par dizaines le long des bordures peintes de rouge.

J'avisai une épicerie bien achalandée ; l'attrait qu'exerçait l'enseigne sur les vieilles gens du quartier m'intrigua et je poussai la curiosité jusqu'à y pénétrer. Apparemment, rien ne différenciait l'échoppe de ses concurrentes, et comme souvent en Chine, je renonçai à élucider le mystère. Dans les rayonnages, je prélevai un déodorant et quelques autres produits d'usage, ainsi qu'un paquet de chewing-gums. A la caisse, je constatai la présence d'une marque belge de pastilles pour l'haleine. Le monde me sembla bien petit. La caissière venait de pointer mes achats auxquels j'ajoutai un paquet de cigarettes : elle déclina la carte que je lui tendais. Je m'excusai du mieux que je pus, et expliquai que je partais retirer de l'argent et reviendrais aussitôt. Sans exprimer le moindre mouvement d'âme, la jeune femme glissa mon sachet sur le côté avant de reporter son attention sur le client suivant.

Sorti du magasin, je marchai d'un pas rapide vers l'agence bancaire dont l'enseigne se signalait plus bas dans la rue. Les regards tendus vers ma destination, je m'arrêtai un peu agacé pour laisser sortir une voiture de son garage. Une femme pilotait l'engin, portant d'épaisses lunettes de soleil, un brushing de cadre quarantenaire, et un rouge à lèvres agressif. Je me félicitais de ne pas la tenir parmi mes connaissances, quand elle démarra sur les chapeaux de roue toute à la rage de ses échecs et au désir de rattraper son retard.

Cependant, elle abandonnait le battant de la porte d'aluminium à l'horizontal. Le coin métallique saillait dangereusement à hauteur de mon front. Je reprenais ma route, songeant que quelqu'un finirait par s'éborgner, lorsqu'un homme entre deux âges, portant dans ses bras un petit garçon, déboula de l'escalier dérobé qui montait à sa demeure. Le bonhomme semblait anxieux. A mirer son jogging d'intérieur dûment griffé, il ne manquait pas d'argent. Le mari de la conductrice probablement. Ses yeux effectuèrent un rapide tour d'horizon comme s'il cherchait à s'assurer que la voiture ne reviendrait pas dans l'immédiat, puis se posèrent tour à tour sur la porte du garage et votre serviteur. Sans doute son esprit cheminait-il à l'instar du mien : le maître des lieux se réjouissait que l'angle de la porte m'épargne un oeil crevé. Du plat de la main, il abaissa insensiblement l'huis qui, par le jeu des poids et des poulies, se referma automatiquement. Un déclic confirma l'engagement de la gâchette dans le pêne. Alors, un éclair de satisfaction illumina son visage, le temps que, dans un sourire, il baragouine une bafouille à mi-chemin entre l'excuse et l'explication. Pour l'heure, n'en comprenant que le mot « weixian », lequel signifie « dangereux », j'y répondis par un sourire en guise de reconnaissance. Plus loin, le distributeur me cracha quelque 3000 dollars taïwanais, assez pour régler mes dettes et les menus achats à venir.

*

Une fois Xiongdi parti, l'amoureux s'effaçait devant le limier. Je sentais ma fibre se tendre de toutes parts, prête à bondir. Mes regards attentifs aux détails alimentaient mon esprit qui retrouvait ses rythmes d'antan. Alors qu'à mon réveil, je me jugeais encore incapable de mener ma mission à bien, l'acuité de mes sens s'aiguisait. Un ordre tomberait-il désignant une victime à mon autel, je lui ôterais la vie sans état d'âme et avec toute la discrétion qu'on attendait de moi. A mon oreille, les sons sonnaient plus clairs, filtrés des parasites de la vie : il y restait ce que requérait le prédateur. Les relents de cuisine dénonçaient à mes narines les possibles témoins cachés derrière les rideaux. Mes iris parcouraient l'horizon, ne s'arrêtant sur rien et balayant tout : mon esprit bouillonnant séparait le grain de l'ivraie, les masses inertes des caméras. Ainsi recouvrais-je le garçon que j'aimais en moi, froid, calme et violent à ses heures, brute exquise sous sa peau d'ours poli.

*

Dussé-je voir en Xiongdi le premier compagnon de mes jours, je ne puis nier qu'à son aune se révéla une partie de moi dont je ne soupçonnais guère l'existence. Car je me découvrais désormais deux temps, deux rythmes, deux partitions suivant que mon amant se trouvât ou non près de moi. Quand j'aspirais à le revoir, que mes pas me conduisaient à lui et aussi longtemps qu'il partageait mes heures, le désir que j'éprouvais pour lui, sa vue, son contact onirique ou réel, m'enveloppaient dans une gangue douillette. Je ressemblais à ces hommes de la fable qui cherchaient leur pair pour combler le manque d'une coupure primordiale. Pourtant, contrairement à ceux-ci, Xiongdi ne me comblait pas, et jamais je ne l'abaisserais à l'état de pessaire ou de béquille. Non, il ne remplissait rien, mais apportait un surcroît d'âme à la relation que nous tissions ensemble. Entre lui et moi naissait un tiers : nous. « Nous », personnage fantasmatique liant notre couple au monde. Et « Nous » s'emparait d'une part de mes sens et de mon esprit tout le temps que Xiongdi concédait au même partage. Frustré d'une part de moi-même, je ne souffrais paradoxalement pas de l'aliénation. Au contraire, elle me reposait. Elle devint vite une drogue : au désir de Xiongdi s'ajoutait celui du bercail. Ma mission accomplie, je rentrerais trouver le repos, ourson paresseux.

Craignant naguère encore de perdre mes ressources, je me rassurais : l'ours n'occultait jamais le limier complètement, ni celui-ci le premier. Ils s'articulaient l'un à l'autre, comme la porte, radicalement ouverte ou fermée, mais toujours solidaire de ses gonds. Oui, « Nous », reliure symbolique, d'un cahier ! L'image me plaisait. Au demeurant, ma liaison m'offrait un avantage commode : alors que la solitude m'obnubilait, complaisante à mes ardeurs homicides, Xiongdi me rappelait à la société des hommes. Ainsi que je l'expliquais, cet ancrage, à mes yeux, relevait du fantasme, puisque « Nous » procédait de lui et de moi. Mais le vulgaire voyait la famille comme un ciment tangible. Si je lui complaisais, j'en tirais un double bénéfice: me fondant dans mon petit couple de garçons, je m'offrais non seulement une douillette couverture d'ourson, mais encore un havre où déposer mes armes. La vraie liberté résidait là : le limier ne s'imposait plus à moi, impérieux et exigeant, car je l'invoquais à volonté selon que je m'alanguisse dans la solitude ou les bras de Xiongdi. Ainsi conclus-je aux bienfaits de l'union maritale.

*

Madame Clara Vernier et le Grand Hotel se seyaient l'un à l'autre comme un oxymore. La brunette, trop jeune pour l'emploi, me reçut maladroitement dans la partie administrative de sa suite. Elle en occupait l'espace comme une souris, et dictait des lois de rigueur à l'emporte-pièce à l'instar des gens intimidés qui feignent l'assurance. Un mètre soixante, jupe de tailleur mal repassée, talons trop bas. Un cadre fraîchement arrivé. La vingtaine à son zénith, elle portait à son crédit un joli visage qu'arrondissait, hélas, un carré de cheveux lisses à la chinoise. A l'évidence, elle ne maîtrisait pas le mandarin et se montrait trop peu décidée, voire incapable d'expliquer au coiffeur ce qu'elle attendait de lui. Avant que je ne frappe à la porte de ma supérieure, je venais de questionner Mademoiselle Li. La réceptionniste, très professionnelle, se contenta d'un « It's gonna be okay ! » (ça va aller), derrière lequel elle dissimulait le très chinois « Hai keyi » et qui laissait augurer que je devrais tenir la bête à l'oeil. Clara Vernier entendait s'imposer dans ce poste, et, faute d'y réussir, risquait de briller en pointant les échecs d'autrui.

Cependant, elle ne semblait pas constituer une victime digne d'intérêt. Si je comptais à mon actif l'électrocution de son prédécesseur, dans cette même suite, celui-ci pouvait naguère revendiquer une bonne connaissance de Taïwan et quelque compromission dans les affaires affines. J'ignorais la raison motivant sa récente élimination, mais j'en entrevoyais aisément le bien-fondé. Or le cas de Clara Vernier me plongeait dans un abîme de perplexité. A moins qu'elle ne rivalisât de duplicité avec moi, elle ne me paraissait pas constituer une cible potentielle. Son intégrité s'imposait d'autant plus à moi comme une inébranlable évidence que, de coutume, les simulateurs se reconnaissent entre eux. En l'occurrence, elle ne m'inspirait qu'un respect froid. Néanmoins, si l'ordre de l'exécuter venait à tomber, je me trouverais dans une situation délicate : le Grand Hotel dénombrerait un mort de plus entre les murs de cette chambre, ce qui attirerait inévitablement l'attention sur moi. Par ailleurs, le premier meurtre précédait de peu l'installation de la vidéo-surveillance. Désormais, les caméras scrutaient les moindres mouvements au sein de la vénérable institution. Non, Clara Vernier ne pouvait pas, en toute logique, constituer ma victime à venir.

Elle sembla ignorer que malgré mes dix-huit ans, je travaillais au business centre depuis plus de trois mois, et connaissais et les lieux et mon emploi. Elle me remit la clé de la partie administrative de ses appartements, et me pria de la suivre dans l'ascenseur. Face à son hésitation devant les caractères chinois, j'appuyai moi-même sur le bouton qui menait au sous-sol. A notre corps défendant, l'engin marqua l'arrêt à tous les étages, ce qui donna à ma compagne l'heur de m'observer. Je la devinai célibataire : d'une oeillade dérobée, elle avisait mon mètre soixante-quinze, mes quatre-vingt kilos et ma barbe. Une insensible moue s'imprima l'espace d'un instant sur ses lèvres, suivie d'un mouvement de recul imperceptible pour tout autre que moi. Je crus humer le parfum de la peur et du dégoût. Sans doute me trouvait-elle trop gros pour elle, trop poilu sans doute. Elle rêvait encore d'un nageur ou d'une caricature de MBA, à moins qu'elle ne s'offensât de mon indifférence à ses charmes. La première explication collait mieux à l'individu. Le temps me vengerait : avec l'âge, elle perdrait en grâce ce qu'à l'instar de beaucoup, je gagnerais en charme.

La froideur du sous-sol tranchait avec les ors et les pourpres de l'hôtel : serti entre les parements fins de marbre clair, le business centre nous accueillit dans son espace ouvert de verre et d'aluminium. Quelques visages familiers affichèrent un sourire bienveillant à mon entrée, et parmi eux rayonnait plus particulièrement celui de Ming Xiaojie. Fine mouche, ma belle-soeur ne se signala pas, réalisant que la patronne m'intronisait dans la maison. Bientôt, Clara Vernier m'assigna mon propre bureau, celui-là même que j'occupais quelques jours auparavant et qui m'attendait, près de l'ordinateur et des photocopieuses assourdissantes. Ma supérieure, soucieuse de son autorité, me désignait du doigt les ustensiles courants et attirait les regards discrets et amusés de mes collègues : à m'expliquer ce que je connaissais mieux qu'elle, elle péchait par redondance !

A cheval sur les usages locaux, elle exigeait que je glissasse les fax arrivant pour elle dans les pochettes de velours et que je les lui livrasse non sans porter les gants blancs que la maison fournissait à cette fin. Les coutumes qui semblaient naturelles aux gens de Taipei, sonnaient si faux chez elle qu'elle versait dans le ridicule. Car ma mission ne différait pas de celle accomplie naguère : aux horaires de bureau, je réceptionnais les fax en prêtant une attention particulière à ceux rédigés en français, je les classais et les lui montais en fin de journée. En cas de message urgent, je devais la contacter en composant une série de numéros de téléphone consignés sur la liste.

Rien qui relevât du renseignement. J'ignorais

si Clara Vernier savait que je travaillais sous couverture, et plus encore si elle appartenait aux Services Spéciaux de ***. Je ne chercherais, d'ailleurs, pas à le savoir ni ne mettrais de mot sur ma mission réelle : je tiendrais mon rôle officiel de secrétaire free-lance. Tapi dans ce demi-sommeil, je veillerais, brave sentinelle, et ne recevrais d'ordre exceptionnel que de Bruxelles. La force du bureau reposait précisément sur sa hiérarchie strictement verticale et la méconnaissance entretenue par les officiers tant sur l'identité des agents entre eux que sur les motifs de leur action. La consigne se résumait à deux règles cardinales : ignorance et silence. En cas d'échec, le bureau s'engageait à exfiltrer ses agents ; s'ils venaient à s'épancher, ne possédant ni document ni preuve de nature à pointer du doigt la machine, ils passeraient pour des affabulateurs.

*

-Shangban le !

Clara Vernier une fois disparue dans les

couloirs, je signalais à Ming Xiaojie que je venais de reprendre le travail. Accompagnés de quelques collègues, nous décrétâmes l'heure de la pause et nous rendîmes près du distributeur célébrer l'événement. Comme souvent, je recourus seul aux offices de la machine à café tandis que mes commensaux se préparaient diverses potions et autres tisanes. Ma belle-soeur réitéra quelque excuse protocolaire pour son intrusion du matin, et me serra dans ses bras, ce qui, je le répète, indiquais qu'elle m'appréciait profondément.

Comme elle ne parlait que peu d'anglais, je me forçais à l'entretenir en chinois. Et fort d'une courte pause dans mon apprentissage de langue, je revenais plein d'une volonté renouvelée : mon retour sanctionnait le début de mes succès. Je rêvais des heures d'attente qu'assis à mon bureau, je meublerais à étudier ma méthode, noircissant des feuilles de caractères. Au business centre, je ne comptais que des collègues chinois - une chance à saisir que ces professeurs bienveillants que le sort mettait sur mon chemin.

-Et Xiao Ming ? la questionnai-je.

Gardant à l'esprit qu'avant de m'installer avec

Xiongdi, je passais pour le prétendant de sa petite soeur, Ming Xiaojie m'introduisit définitivement dans l'intimité du clan.

-Bas les masques ! Tu sais bien qu'elle t'en veut beaucoup, mais elle se réjouit aussi pour Xiongdi. Elle m'avoue pleurer encore.

-Tu m'en vois désolé. Crois-tu que je doive essayer de la revoir en tête à tête ?

-Epargne-toi cette peine. Je pensais qu'on pourrait sortir au marché de nuit pour fêter ton retour tous les quatre. Parles-en à Xiongdi ; je téléphonerai à Xiao Ming.

*

Le Grand Hotel devint ma garçonnière où, le soir venu, je me douchais et me rhabillais de propre avant de rentrer à la maison. L'ours l'emportait sur le limier dès que mon costume tombait sur le sol de la chambre. Quand je pénétrais dans la douche, mes pensées tendaient leurs antennes vers Xiongdi et ce dernier m'occuperait tout entier jusqu'au lendemain matin. Les hasards du calendrier prenaient un tour qui me ravissait : ce premier jour de travail qui, déjà, s'achevait, tombait un jeudi. Vingt-quatre heures plus tard, mon horaire d'expatrié sonnerait le début du week-end. Je le mettrais à profit pour organiser notre vie de couple.

Malgré ma hâte, le soleil d'automne venait de se coucher lorsque j'entrai dans l'appartement. Xiongdi, décontracté, m'attendait : il m'embrassa, me questionna sobrement sur ma journée et m'invita à le rejoindre sur le canapé. Il me proposa un demi-doigt de cognac. Je ne refusai pas ; nous trinquâmes ; je tiens sans doute de cette époque l'habitude de consommer une gorgée de liqueur les soirs d'hiver. Les sens détendus par l'alcool, je lui renvoyai ses questions.

-Et toi, sur quoi travailles-tu en ce moment ?

Il regarda distraitement sa montre et convint en lui-même qu'il pouvait sacrifier quelques minutes à m'exposer ses recherches dans le détail. La lumière de la galerie de spots n'éclairait guère son bureau. Il en brancha la lampe articulée. Un rayon blanc, un peu aveuglant diffusa sur le plan de verre poli tandis qu'un bip signalait, par ailleurs, l'éveil de l'ordinateur.

-J'emploie une ampoule à large spectre pour détecter les palimpsestes, m'expliqua-t-il avant de compléter pour son béotien de mari: on grattait parfois les anciens manuscrits pour les réutiliser. La lumière blanche accentue les contrastes et révèle les résidus d'encre.

Lorsque le Mac condescendit à travailler, Xiongdi cliqua sur une icône. Un ancêtre de jpeg remplit toute la page : l'image d'une qualité étonnante pour l'époque m'intrigua. L'ordinateur, de la série des Quadra, une machine hors de prix, appartenait à l'Université, me rassura le calligraphe.

Sur une soie vieillie, une montagne en pain de sucre, couverte d'arbres et d'une végétation luxuriante qui se raréfiait avec l'altitude, tendait vers le ciel. Des sommets plus modestes, à l'avant comme à l'arrière, découpaient la perspective en quatre plans et conféraient à l'ensemble de la composition une profondeur remarquable. Dans le bas, les rives d'un fleuve calme mouillaient les pieds des monticules. Un chemin y serpentait, humble trace d'humanité dans ce décor grandiose. Point d'autre couleur que l'encre noir dont l'artiste usait avec un talent insolite : au premier plan, les détails abondaient, peints dans un ton dur et profond. A l'arrière, le pinceau les esquissait à peine à l'aide d'un gris qui se fondait dans la texture de la soie. On y discernait une manière de brume.

-Nous venons de recevoir cette peinture de paysage, que nous appelons shanshuihua. Elle daterait du début de la Dynastie Song, soit de la fin du Xe siècle de votre ère. On l'attribue à l'entourage de l'un des deux grands peintres de l'époque, Juran. Je dois procéder à l'expertise de la pièce pour en établir l'authenticité et préciser, si possible, sa paternité.

Nullement agacé par mon ignorance, Xiongdi m'entretint de cette époque d'essor technologique où les arts fleurissaient en Chine. L'intérêt du shanshuihua reposait précisément sur son dépouillement. Alors que les peintres de la génération précédente portait la polychromie à un niveau de perfection formelle jamais atteint, Dong Yuan et Juran devinrent les figures de proue de l'Ecole du Sud. Le second, auteur présumé de l'oeuvre que j'admirais alors, entra au service des ordres bouddhistes. Or, cet enseignement, subissait l'influence profonde du Taoïsme. De là procédait la fausse simplicité de ce style. Le chemin symbolisant le Tao traversait le paysage onirique où l'eau, élément yin, tendant vers le bas, s'opposait à la montagne, image du yang, aspirant au ciel. Or, dans son mouvement, le monde entraîne toutes choses d'un extrême à l'autre, selon le rythme de la nature, sans qu'aucune des deux bornes ne les retiennent définitivement. Le dégradé de noir et de gris rappelait ce point de la doctrine.

J'essayais d'apprécier l'oeuvre et y parvenais sous la houlette de mon maître. Je m'ouvris à lui avec l'enthousiasme du néophyte :

-Et toi qu'en penses-tu ? lui demandai-je, m'adressant cette fois plus à l'expert qu'au professeur.

-En l'absence d'écriture, on peine à préciser l'époque et le style, car le moindre poil de pinceau imprime la marque d'une manière et d'une technique. On tient Juran pour l'auteur de la *Recherche du Tao dans les montagnes*. Or ce shanshuihua ressemble beaucoup à cette oeuvre.

Pour moi, il s'agit soit de la peinture d'un excellent émule, soit d'un faux. Car, dans chacune de ses peintures conservées, Juran s'attelle à varier les paysages. Ici, tout semble conforme à l'autre oeuvre, laquelle demeure, précisément, l'une des seules qui ne comporte pas d'écriture. Cette proximité me paraît suspecte. Mais je puis me tromper, bien entendu.

Il ne se trompait pas, et traquerait la moindre invraisemblance jusqu'à établir la véracité de ses soupçons.

-La peinture se trouve-t-elle à l'Université ?

-Oui, mais je vais l'apporter ici bientôt pour l'étudier dans mon atelier.

Sur ces mots, il désigna la porte close que j'essayais d'ouvrir quelques heures avant. Je rebondis aussitôt : l'aubaine me laverait de tout soupçon éventuel.

-A ce propos, je voulais m'excuser. Ce matin, j'essayais d'y pénétrer.

-Aucune importance, répondit-il sincère. Je garde la porte verrouillée, car j'y entrepose quelques trésors.

-Et on t'autorise à déplacer des peintures

millénaires ?

-N'ébruite pas cela. Dans ce tout petit créneau, tu ne trouveras pas meilleur spécialiste que moi. J'agis ainsi avec les marchands d'art, ce pourquoi le doyen me concède d'emporter à l'occasion les pièces du fond universitaire...

J'acquiesçai d'un signe la tête, admiratif. La fierté de Xiongdi transparaissait ; gêné de la morgue qui le gagnait, il détourna le regard et éteignit la lampe blanche. Un silence lourd appesantit l'atmosphère. Je cherchais à capter son attention en le fixant dans la pénombre, mais il comprit le stratagème.

-Non ! m'objecta-t-il catégoriquement avec un sourire aussi bienveillant que déterminé.

-De grâce, Xiongdi, tu viens d'aiguiser ma curiosité : je voudrais visiter ton atelier.

Mes yeux passaient alternativement de la porte close à son profil. Celui-ci se dégageait, fantomatique, à la faveur des rayons de lune s'insinuant à travers la baie vitrée et les frondaisons suspendues. Il se leva et amusé à l'idée qu'il me serrait la bride, il soupira d'aise.

-Promis, je te le montrerai. Mais pas

aujourd'hui !

Il me prit sans ses bras, cherchant vaguement une manière de pardon.

-Je suppose que tu dois d'abord nettoyer la pièce, car il y traîne des cartons gras, de vieux gobelets d'eau croupie et des nouilles pourrissant dans leur bol.

-Exactement, conclut-il, des nouilles en train de pourrir.

Je n'en crus rien. Je me dégageai de son étreinte. Tandis que je me retournais, il me saisit par la main et me guida vers les colonnes porteuses où pendaient les rouleaux de calligraphie. Au passage, il appuya sur l'interrupteur qui diffusa son halo sur les oeuvres, puis il m'installa, debout, à trois coudées de l'une d'entre elles, se plaçant lui-même derrière moi.

-Tu vois une calligraphie exécutée par moi l'année dernière. Je venais de décrocher mon doctorat. Je te parierais n'importe quoi que beaucoup l'attribuerait à Shi Liang, mais un regard attentif verrait tout de suite qu'il s'agit d'une oeuvre sur papier contemporain.

Il me détailla la technique et ce qu'il

convenait de savoir sur le caoshu, le style qualifié d'écriture « en herbe », rapide et aérienne, si intimiste qu'elle frôle l'inintelligibilité.

-Cela ne me suffit pas... minaudai-je en lorgnant vers la porte clause qui attirait toujours mon attention.

Il me retourna, calme et inébranlable :

-J'héberge un meurtrier. Imagine le risque que je cours : autorise-moi au moins une part de mystère, comme si tu me laissais un coup d'avance au jeu de go.

Comme, la veille, dans la chambre de l'hôtel, il me poussa doucement de sorte que je vacillai. Le canapé amortit ma chute. Xiongdi se coucha sur moi.

-Combien ? demanda-t-il.

Il m'interrogeait - je le compris aussitôt - sur le nombre de mes victimes. Il avançait ses pions sur l'échiquier. Je décidai de botter en touche : si j'insistais plus avant pour qu'il m'ouvrît la porte de l'atelier, je verrais mes espoirs s'éloigner d'autant. Je me tournai vers la nuit noire qui imprimait son écran d'ébène sur la baie. Une idée me vint :

-Bi xingxing shao, déclarai-je.

« Moins que les étoiles. » Je venais de fabriquer un semblant de proverbe, une de ces expressions de quatre caractères qui abondent dans les méthodes et dont les Chinois raffolent. Celle-ci, de ma composition, ne sonnait bien qu'à mes oreilles. Mes efforts amusèrent beaucoup Xiongdi, qui répéta à l'envi l'objet de ma parade.

-Bi xingxing shao... Tai hao a.

Baissant la garde, il terminait sa phrase sur le très idiomatique « a » des Taïwanais, puis m'emmena dîner de mets qu'on nous servit dans l'une des cantines du quartier.

*

Par cette tiède nuit de novembre, nous rentrions, Xiongdi et moi-même, la panse bien pleine. Le riz sauté aux oeufs, heureuse initiative de la gastronomie chinoise, commençait à agir et l'on pouvait prédire que nous dormirions à poings fermés. Différant de quelques minutes l'appel du lit, nous sacrifiâmes au pragmatisme et détournâmes notre chemin vers l'épicerie, celle-là même que je visitais au matin de cette belle journée. Je venais d'annoncer à Xiongdi la proposition de Ming Xiaojie qui pensait organiser un sortie au marché de nuit. Il l'accueillit favorablement, m'expliquant, pour sa part, qu'il souhaitait lors d'un prochain week-end m'inviter à visiter la côte septentrionale de l'île. Echafaudant ainsi nos projets de jeune couple, nous longions l'enseigne de la banque, lorsque le son strident de pneus grattant sur l'asphalte déchira la nuit. Mus plus par la surprise que par le danger, car l'écho du freinage nous parvenait de loin, nous nous plaquâmes instinctivement le long du mur, puis nous nous retournâmes, cherchant à discerner ce qui nous valait cette frayeur. Dans le calme du soir, quelques réverbères éclairaient la rue. Des moustiques s'y fracassaient en quête d'un improbable soleil. Parfois, une chauve-souris traversait le ciel. Au coup de frein succéda la saccade d'un embrayage malmené. Bientôt apparut une voiture, s'avançant poussivement dans la rue, une marque nippone, un modèle de luxe un peu voyant muni de jantes de sport.

Je reconnus sans peine le véhicule qui, lors de

ma promenade matinale, me bloquait le passage. Tapis dans l'ombre des branchages qui dépassaient par-dessus le mur d'un jardin, et protégés par la rangée des voitures garées, nous assistâmes à la plus pathétique des scènes : ma conductrice, l'arrogante cadre aux lèvres barbouillées, pilotait avec peine son attelage d'acier. La fenêtre entrouverte, elle pestait contre la bête, frappait le volant, torturait la transmission. En mon for intérieur, je la félicitai pour la clairvoyance de son achat : seul un engin japonais pouvait supporter un tel traitement. Je m'ouvris à Xiongdi de l'objet de mes réflexions, dont il gloussa.

-J'entends parfois parler de cette pochetronne dans le quartier, mais je la vois pour la première fois, commenta-t-il.

Je lui demandai pourquoi la police n'intervenait pas, pour quelle raison on ne privait pas ce danger public de son permis.

-Elle ne le possède sans doute plus. Parfois, certaines personnes bien placées...

Xiongdi ne prit pas la peine d'achever sa phrase et d'un geste de la main, esquissa des volutes qui gravissaient les cieux. Ainsi signifiait-il que la dame jouissait de protection en haut-lieu. Celle-ci, précisément, arriva devant son portail, et se mit à klaxonner à longues salves. Les rares badauds, consternés dans ce bout de Chine si policé, admiraient le monstre. Des immeubles et des maisons, les fenêtres béaient d'où sortaient des visages incrédules. Et le mari de dévaler les marches de son logis. Le malheureux tâchait de calmer la mégère qui lui déversait des torrents d'injures. Il ouvrit la porte du garage où l'épouse introduisit violemment le véhicule, manquant d'écraser au passage le pied de notre homme. Celui-ci, renonçant à assister sa femme, tourna les talons et rentra chez lui les épaules voûtées. La honte se lisait dans sa démarche, une macule infâme dont il supportait les affres comme les Furies des héros anciens.

Quant à la soiffarde, elle sortit du garage. Le réverbère voisin révéla ses traits défigurés par l'alcool. Elle dévisageait les passants en leur jetant des regards noirs. Ses jambes soutenaient à peine ses pas et sur ses talons aiguilles, elle risquait dangereusement de vaciller. Son maquillage coulait, noire sentine qui mouillait ses yeux jusqu'à ses lèvres mal dessinées par le rouge : elle rappelait les personnages de Fellini. Tout cela tranchait avec ses bijoux et son tailleur chic.

Elle tendit le doigt vers un passant : « Je te baiserai ! ». Puis, tandis que Xiongdi me traduisait la menace, elle désigna tour à tour plusieurs hommes parmi la foule qui s'attroupait, répétant à chacun son imprécation. Bientôt, s'appuyant sur le mur de son garage, un pied sur la bordure et l'autre sur la route, elle urina à travers ses vêtements avant qu'un hoquet ne l'agite de convulsions ridicules. Elle vomit. Enfin soulagée, elle tituba, passa le porche, entama l'ascension de l'escalier. Un claquement de fer forgé accompagna la fermeture de la porte, sanctionnant la fin du spectacle. Nous traversâmes la rue pour éviter de tremper nos pieds dans les humeurs chaudes, passâmes à l'épicerie en prévision du petit-déjeuner et, à l'instar des autres pèlerins, nous rentrâmes à la maison. Un voisin délicat se chargea de verrouiller le garage. Il appartenait à Monsieur

Xu et Madame Cheng.

*

Le lendemain après-midi, je rentrai du Grand Hotel et découvris l'appartement vide. Je savais que Xiongdi n'arriverait que tard ; néanmoins, habitué aux sauve-qui-peut qui excitent les Européens le vendredi soir à l'approche du week-end, je me trouvai un peu désarçonné devant le zèle asiatique dont il témoignait. Le séjour me sembla si triste qu'il m'évoqua le souvenir du vieux Lamartine : « Un seul être vous manque et tout est dépeuplé ». Mais tenant le Romantisme en horreur, je réveillai le limier qui se reposait au fond de la tanière tandis que l'ourson s'égayait depuis la fermeture des bureaux. Dès lors, un unique objectif s'imposait à moi : découvrir ce que cachait la chambre close.

Je verrouillai la porte de l'appartement en prenant soin d'y abandonner ma clé de sorte que si Xiongdi arrivait, le stratagème me laisserait le temps de camoufler une éventuelle intrusion. Cependant, j'arrêtai une stratégie de diversion et convins qu'en bâtissant une illusion, je préserverais l'apparence de l'intégrité. A cette fin, je me déshabillai dans la salle de bain et tournai le robinet de la douche. L'eau coula : je fabriquais le décor. J'enroulai la serviette de bain autour de ma taille et dans cet appareil, traversai le séjour et gagnai l'aile gauche. Je me ravisai : le parquet risquait de conserver la trace de mes orteils. Je reculai et glissai mes pieds dans ma paire de chaussons en tissu éponge. Dans ce costume à l'antique, je revins à ma destination initiale.

A côté du bureau de Xiongdi, la porte close m'attendait, énigmatique. A tout hasard, j'essayai de tourner la poignée à l'aide du tissu, mais la serrure m'apparut bel et bien verrouillée. Il s'agissait d'un de ces boutons d'acier poli flanqués d'un cylindre de sécurité en leur milieu. Le plat de l'huis en contre-plaqué rendait un bruit sourd lorsque j'y frappais, indiquant qu'il s'encastrait étroitement dans le chambranle et les gonds. A ces derniers, je ne pouvais pas plus accéder, la porte s'ouvrant, comme de coutume, vers l'intérieur de la pièce. Elle me sembla épaisse et fort probablement pourvue d'un feuilletage de protection, voire d'un blindage léger. La serrure, au moins, m'apparut installée à dessein : je conjecturai que l'on devait à Xiongdi le remplacement du dispositif original. Les trésors qu'il y entreposait, valaient à coup sûr cet investissement.

Je supposai qu'il conservait en permanence une clé sur lui. Il ne commettrait certainement pas l'erreur de la serrer dans son trousseau domestique. Soit le sésame pendait à un anneau professionnel, soit il reposait dans l'un des compartiments de sa mallette. Dans les deux cas, je ne pourrais ni confirmer ni infirmer mes supputations sur le moment même. Mais l'examen attentif du cadre m'apporta une information aussi inattendue qu'intéressante. Dans le coin inférieur droit, j'aperçus un bâtonnet de bois, discrètement enchâssé entre le panneau et le chambranle. A l'une des extrémités, celle qui touchait le sol, l'objet se signalait par un revêtement rouge. Je reconnus aussitôt une allumette plate, de celles que l'on fournissait dans les bars, petites lattes de bois coiffées d'une tête de soufre, rangées dans le pli d'étuis cartonnés à vocation promotionnelle.

Mon mari me tendait un piège. J'appréciai sa prévoyance : il tenait à conserver son avance dans l'étrange partie de go que nous jouions. En effet, si je réussissais à ouvrir la porte, l'allumette viendrait à choir sur le sol. Le cas échéant, Xiongdi obtiendrait la preuve d'une intrusion. Je l'imaginais verrouillant la serrure, s'agenouillant et glissant l'allumette, tête vers le bas, dans l'étroit interstice. Et de reproduire ce geste à chaque fois qu'il quittait la pièce ! Pour ma part, à l'allumette, je préférais le trombone dont la présence se révélait plus anodine dans les parages d'un bureau, mais je pardonnai à Xiongdi cette approximation. Or ces stratagèmes appartiennent à l'histoire depuis que les webcams jouent les chiens de garde. Pour l'heure, le mystère de la chambre attisait plus encore ma curiosité.

Assurément, la pièce ne pouvait contenir que des objets précieux, voire un secret inestimable. En l'occurrence, si Xiongdi s'offrait le luxe de ce détail, il devait forcément chercher à cacher quelque chose. Mais je devinais plus encore : la présence d'une telle serrure n'impliquait que deux manières d'ouvrir la porte... Soit on disposait de la clé, soit on la fracturait. Dans le second cas, la ruse de l'allumette s'avérait inutile. Il fallait, donc, a fortiori, que Xiongdi envisageât la possibilité que j'entre en possession d'une clé. J'échafaudai plusieurs alternatives, mais une seule solution s'imposait à moi.

Puisque les fabricants livrent les serrures de sécurité avec un minimum de trois clés, je conjecturai que mon mari en gardait une en permanence sur lui. Il me sembla prudent qu'il en conservât un exemplaire à l'université. Mais où la troisième se trouvait-elle ? J'excluais qu'il pût la confier à l'une de ses soeurs : trop jaloux de son indépendance, il ne remettrait jamais les jarres à Pandore au risque de voir la curiosité familiale éventer son secret. En outre, s'il l'entreposait dans un coffre, je ne pourrais en aucun cas y accéder. La ruse de l'allumette perdrait de son sens dans cette conjoncture. Il me semblait, par conséquent, plausible que la troisième clé se révélât accessible... Concluant qu'il ne restait plus rien à découvrir du côté de la porte close, je décidai de fureter dans l'appartement.

Je n'osai trop remuer les rayonnages de livres

où s'accumulait une légère couche de poussière, et convins qu'il me faudrait d'abord prétexter un nettoyage complet de la maison. Je regardai sous le pied de la table à manger, sous le bureau, sous la table à thé du coin salon. Non, rien d'accroché à l'abri des regards. Cependant que je me relevais, m'appuyant sur le canapé, je tombai nez à nez avec l'une des calligraphies de Xiongdi, laquelle ornait la colonne la plus proche de la baie. A cette hauteur, mon regard croisait le point à l'encre de Chine, qui constituait la marque de l'artiste. Elle ressemblait à une goutte d'eau agrippée à une vitre un jour de pluie. Les poils du pinceau se devinaient, orientés imperceptiblement vers le coin supérieur gauche. Cette trouvaille m'amusa tellement sur le moment que j'en ôtai ma serviette, me contorsionnai et admirai l'hématome moribond que je portais moi-même : sur mon corps, au-dessus de ma fesse droite et à deux doigts de ma poignée d'amour, la signature de mon amant s'effaçait... Sans retard, cette lubie me passa, et resserrant la serviette, j'inspectai la surface des murs en soulevant une à une les oeuvres de Xiongdi. Rien là non plus.

J'ouvris le congélateur, puis le four, en vain. J'agitai les rares boîtes de médicaments que je trouvai dans la pharmacie, mais il ne s'y trouvait que d'innocents cachets. Je sous-estimais clairement mon adversaire. S'il lui plaisait de jouer avec moi, il cherchait davantage à éprouver mon intelligence que ma patience. Toujours revêtu de mon pagne, je m'appuyai contre le plan de travail, et contemplai depuis mon observatoire la nuit qui tombait sur Taipei.

Je ne m'imaginais pas Xiongdi dissimulant la clé sous une latte de parquet ou derrière une brique descellée. Comme je connaissais notre homme, un tel procédé lui semblerait vulgaire, voire éculé. Dans ce cas précis, un voleur expérimenté explorerait son appartement dans ses moindres recoins. Or il ne s'adressait nullement à un voleur, mais à un meurtrier. La solution résidait dans ce qu'il savait de moi. Je m'interrogeai alors sur l'image qu'il concevait de ma personne. Un tueur froid, violent, sans mobile. Il gardait certainement à l'esprit cette scène primordiale du pacte qui nous unissait : moi, fondu dans le décor et donnant l'illusion de la décontraction à quelques pas des toilettes où gisait ma victime... Ainsi formulai-je en moi-même l'hypothèse que la clé se trouvait bel et bien dans l'habitation. De même que j'aime à répéter que la vie constitue la meilleure des couvertures, le but de ma quête devait se fondre dans le paysage à mon instar.

Ainsi, tout le monde expérimente l'agacement suscité par ces menus objets que l'on égare : on ne les retrouve ni à l'endroit où on les remise d'habitude, ni dans des cachettes aussi improbables que les replis d'un drap-housse. Retournant la pièce sens dessus dessous, on finit plus tard par réaliser que ce que l'on cherchait reposait sous nos yeux. Or ceux-ci ne s'arrêtent guère sur une évidence à moins qu'on ne la leur suggère en amont. Oui, il existe des espaces entre-deux qui n'accrochent pas les regards... Je me persuadai que la clé se trouvait là.

Je m'abîmais encore dans les arcanes de mes supputations lorsque j'entendis un crissement agiter la serrure de l'entrée. Xiongdi arrivait. Je me tins à mon plan. Je me déchaussai, pénétrai dans la salle de bain, déposai ma serviette, me mouillai rapidement, sortis trempé, me ceignis la taille de mon pagne et ouvris la porte.

-Désolé ! Il m'arrive de laisser la clé.

Xiongdi ne s'embarrassa pas de mes excuses, et répondit à mon sourire par un baiser. En plus de son cartable, il portait un tube de carton fermé de bouchons de plastique blanc. N'y tenant plus, il me désigna le trophée :

-Voici le shanshuihua attribué à Juran !

Il rayonnait : la fierté qu'on le rendît dépositaire de l'oeuvre, qu'on lui confiât le soin de l'étudier, et, sans doute, qu'il pût la livrer à mon observation au sein de notre repaire, se lisait sur son visage. Comme moi, Xiongdi comptait la vanité parmi ses défauts. Je ne pouvais pas la lui reprocher.

Je m'excusai des gouttelettes qui détrempaient le lino et chaussai les sandalettes en éponge. J'en usai comme de patins pour essuyer le sol au passage, mais Xiongdi se révélait trop impatient de mon montrer le shanshuihua pour s'arrêter à ces contingences domestiques. Je le suivis à son bureau qu'il rangea sommairement pour y dégager la place nécessaire. Du rouleau, il sortit la soie conservée entre plusieurs couches de films divers, tissus et plastiques semi-rigides. La peinture se révéla à moi, dans toute sa finesse. Sous la lampe blanche, les détails ressortaient, pareils à ce que j'en voyais la veille à l'écran, mais avec l'éclat singulier que la présence effective confère à l'oeuvre.

-Merveilleux, commentai-je à court d'idées.

Xiongdi désigna du doigt une trace légèrement brunâtre sur la soie :

-Il se peut qu'il s'y trouve des parasites. Je dois traiter le tissu sans retard.

Une légère odeur de poussière s'élevait depuis le shanshuihua, qui me rappelait l'ambiance feutrée des bouquineries. Xiongdi m'expliqua quelques détails, mais la magie de l'instant résidait dans la contemplation attentive. J'appris alors à apprécier la peinture traditionnelle en laissant mon regard cheminer sur la voie tracée par l'artiste à travers les quatre monts en pain de sucre.

-Oui, conclut Xiongdi, devinant que j'accédais à la compréhension de l'oeuvre. Authentique ou pas, ce shanshuihua ne manque pas de qualités.

Lorsqu'il remarqua que la chair de poule hérissait ma peau, il y déposa un baiser et me serra contre lui.

-Ne prenais-tu pas une douche ?

J'y retournai effectivement, prisonnier du décor que je venais de planter. Quand il se joignit à mes ablutions, la soie de Juran ou de son émule, reposait à l'abri de la chambre secrète. Bien vite, les jeux d'eau nous lassèrent et nous leur préférâmes le confort douillet de notre lit. Tandis que les deux oursons s'aimaient sous la couette, le limier se rendormit. L'étreinte, décevante en vérité si l'on se place dans la perspective du chasseur, sanctionna l'alliance définitive de notre couplc : nous connaissions nos corps, savions déjà complaire à l'autre sans spectacle, mais avec l'acuité d'une infinie bienveillance. Nos bouches se séparaient peu, car le baiser valait plus que la passe d'armes. Le plaisir viendrait, pointu et exigeant, programmé : il ne nécessitait déjà plus de démonstrations obscènes. Une petite heure s'écoula avant que nous ne ressortions, souriants et détendus, en quête d'un taxi pour célébrer le week-end dans le centre de Songshan. Le lendemain, on égraina le temps paresseusement jusqu'au soir : nous visitâmes les marchés de nuit avec Ming Xiaojie et et Xiao Ming. Mais ce détail importe peu à notre propos.

*

La semaine suivante me confirma que Martha et les ordres de Bruxelles m'épargneraient les risques d'une mission au Grand Hotel : les rares fax n'occupaient guère mes journées et, en raison du décalage horaire, ils m'attendaient généralement à mon arrivée le matin ; seuls les expéditeurs helvétiques semblaient disposés à travailler la nuit en Europe. Dans tous les cas, je glissais les documents dans la pochette idoine, en dressais une liste récapitulative à l'attention de ma supérieure et lui apportais le tout durant l'après-midi. Jamais elle ne me demanda de déroger à cette ligne de conduite. L'ennui s'y révélait la règle et me laissait de longues heures à consacrer à l'étude du mandarin. Chaque jour, je noircissais des feuilles de caractères, lequel entraînement me valait de gagner mes galons de sinologue.

Dans ce climat de studieuse oisiveté, les détails de la mission qui me parvinrent un mercredi matin, arrivèrent comme une libération. Je reçus un appel qu'on m'invita à prendre à la réception. Je reconnus la voix de Martha, claire et sonore : elle me sembla si proche qu'à la faveur de son accent néerlandais, je me crus, l'espace d'un instant, rendu au Bénélux. La conversation ne s'éternisa guère, se limitant à deux consignes. La première me priait de réceptionner le pli que me remettrait un coursier dans l'heure qui suivrait ; la seconde me demandait logiquement d'accuser réception de ladite missive. Rien qui m'étonna.

Installé à mon bureau, je tapotais discrètement le buvard du bout des doigts tout en décomptant les minutes. Une demi-heure plus tard, un livreur portant le brassard d'une compagnie de transport international passa devant la vitre du Business Centre. Il écorcha mon nom ; je signai le bon de réception. Conformément à mes ordres, je remontai à l'accueil et demandai une ligne pour l'Europe. D'un cabinet privatif, je composai le numéro d'où Martha venait de m'appeler. Elle décrocha aussitôt, avant d'interrompre la conversation et de me retéléphoner depuis une autre ligne. J'ouvris l'enveloppe et lui confirmai le détail du contenu. L'entretien s'arrêta là. Jamais, au cours de l'appel, on ne mentionna ni le nom de ma victime ni son élimination : une fois de plus, j'appréciai la force du dispositif qui résidait précisément dans l'implicite.

Le nom de la cible apparaissait sur le dépliant publicitaire de son entreprise : il s'agissait de Madame Bak, photographe d'origine coréenne installée à Taipei. L'adresse du studio y figurait, ainsi qu'un plan permettant de le situer, et une photographie de l'artiste. Le temps jouait en ma faveur dans la mesure où, selon Martha, je devais clore le dossier pour la fin de mon séjour. Me réjouissant de la confiance qu'on m'accordait et du délai imparti, je me ravisai rapidement : sans doute s'avérerait-il plus difficile que je ne le croyais d'approcher une femme qui vivait du culte de l'image. Mon appréhension diffuse obtint confirmation quand je me rappelai que le studio se trouvait précisément en plein milieu de Raohe Street, le très populaire marché de nuit que, justement, je visitais quelques jours plus tôt avec la famille Ming. A 16 heures, je quittai le Business Centre et sautai dans un taxi que je priai de foncer sur Songshan.

*

Le marché de nuit de Raohe n'existait que depuis deux ou trois ans. L'endroit devenait un lieu de balade prisé à la nuit tombée : au milieu de la rue interdite à la circulation, des échoppes ouvraient proposant gadgets, sacs et toute une panoplie de contrefaçons sur lesquelles la police fermait les yeux. La lumière des lampions rouges suspendus, en grand nombre, à travers la route, jetait son rouge propitiatoire sur les étales de mets qui s'étalaient le long des trottoirs. Raviolis, baozi, nouilles, brochettes de boulettes ou, plus étranges, de scorpions, attiraient badauds et gourmands. Sur les étales, bourses plates et nantis trouvaient toujours quelque chose à acheter, car le charme du lieu consistait dans l'accumulation jubilatoire et rassurante des biens, des couleurs et des odeurs. Les gens y flânaient à la fraîche, communiaient au sentiment d'appartenir à cette cité grouillante de vie, se rappelaient que le petit commerce restait un idéal pour beaucoup de Chinois. Et la réputation de cette fourmilière sympathique transpirait sur les touristes qui la fréquentaient assidûment.

De jour, Raohe Street perdait de sa superbe, mais gagnait en intérêt, voire en charme. Des échoppes démontées, il ne restait plus que les marquages au sol qui dénonçaient l'emplacement de chacune. Ainsi le dispositif trahissait-il l'un des paradoxes du monde chinois : à un instinct enclin à l'anarchie s'opposait une tradition séculaire d'administration. Héritage de l'âge impérial, le colbertisme à la chinoise sait ranger, discipliner, ordonner. Et de ces forces contraires procèdent, pour ce peuple nombreux, à la fois cette impression de pullulement prospère, mais aussi les conditions d'une existence pacifique. Alors que je m'avançais plus avant dans la rue, je souris à la vue des lampions éteints qui pendaient tristement dans l'attente de la nuit prochaine.

Même en journée, peu de voitures s'aventuraient dans ce passage souvent bouché par les camionnettes de livraisons. Seuls les scooters y trouvaient un air plus respirable que sur le boulevard parallèle de Bade. Derrière les tréteaux repliés des restaurateurs, les heures diurnes révélaient des dizaines de boutiques insoupçonnées soignant, nourrissant, équipant petites gens et nouveaux bobos qui habitaient le quartier. Oui, l'on pouvait mener deux vies sur Raohe, l'une affairée à la faveur du jour, l'autre gentiment frivole lors du marché de nuit. Pour l'heure, je voyais pères et mères de famille rentrer chez eux et y accueillir les écoliers en uniforme strict.

Le studio de Madame Bak s'insinuait dans ce décor. On y accédait par une simple porte que signalait une plaque d'acier. Etranger au quartier et affublé de mes traits d'occidentaux, j'exclus la possibilité d'effectuer une intrusion dans les locaux. J'avisai, de l'autre côté de la rue, un snack où l'on servait des soupes aux raviolis. J'y entrai, commandai un en-cas, et m'installai sur l'une des chaises hautes en vitrine. Tandis que la soupe fumait devant moi, posée sur le bar de bois qui flanquait avantageusement la baie vitrée, je me félicitai de cet observatoire remarquable : j'y disposais d'une vue imprenable sur l'entrée du studio.

Ce premier repérage des lieux me satisfaisait. Je convins qu'il me suffirait pour ce premier jour d'observation de passer une heure sur place afin de saisir l'atmosphère du quartier, d'entrevoir les interactions qui l'animaient, voire d'épier ma cliente si elle venait à paraître. Néanmoins, je me trouvais dans l'obligation d'élaborer une stratégie nouvelle : je ne pourrais revenir là régulièrement sans un sérieux motif. Aussi me fallait-il trouver une activité ludique ou sportive, un cours, un atelier, bref n'importe quelle raison de fréquenter l'endroit assidûment. Un présentoir en aluminium mettait des flyers à la disposition des clients ; j'en prélevai plusieurs en sélectionnant ceux qui concernaient le quartier.

En compulsant cette documentation, je me donnais contenance et continuais à observer la porte de Madame Bak. Vers six heures, elle en sortit enfin : une cinquantenaire, jolie encore, plus vieille d'une dizaine d'années que sur la photographie de son dépliant. Pantalon fuseau noir, pull à col roulé assorti. Sac à main de marque. Carré mi-long très élégant. Une femme active. L'accompagnaient une nymphette et un homme au physique plutôt neutre. Probablement la fille et le mari. Madame portait la culotte, je n'en doutais guère. Quelques minutes plus tard, je levai le camp, satisfait et décidé à me jeter à corps perdu dans la peinture sur soie, la confection de cerfs-volants, ou le taijiquan pourvu que je justifiasse de mes séjours à venir au snack de Monsieur Ma.

*

Désormais, ma mission détournait mon attention de la chambre secrète de Xiongdi. Je renonçai provisoirement à tout espoir d'élucider le mystère de la porte close : le matin, je quittais la maison à la même heure que mon compagnon, et, en raison de mes escapades à Raohe Street, je rentrais après son retour. Mais, d'un naturel confiant, je ne doutais pas que le hasard ou l'éclair d'une idée neuve m'apporterait en son temps quelque fil à tirer sur l'écheveau. Pour l'heure, tout entier au dossier de Madame Bak, je rejoignis mon observatoire le lendemain de ma première visite. Bien m'en prit : Monsieur Ma, le patron du bar à nouilles, m'adressa un sourire entendu, car il me reconnaissait, confirmant la validité de mes soupçons. Non, je ne passais pas inaperçu sur Raohe Street, du moins en ces fins de journée précédant l'ouverture du marché.

J'inspirai profondément en contemplant les dépliants de la veille : choisirais-je l'atelier « cerfs-volants » ou le club de taijiquan ? Le premier trouvait asile à l'étage du bâtiment adjacent ; la rue perpendiculaire accueillait le second. Si ce dernier remportait mes préférences, il n'en demeurait pas moins excentré. L'appel du devoir semblait sur le point d'imposer une décision radicale lorsque j'entendis plusieurs détonations. Intrigué, je me retournai ; le patron ébaucha une explication à l'adresse de son étranger de client :

-Zuolun !

« Revolver ! » Cependant, il désignait la maison d'à-côté, nullement inquiété par le vacarme. Seuls les coups des gros calibres se laissaient entendre à travers les cloisons antibruit.

*

-Quoi ? Tu veux t'inscrire à un club de tir ! s'étonna Xiao Ming.

Sa voix résonnait, grésillante. Je me demandais si je devais imputer la faible qualité de notre communication au standard de la police de Taipei ou à l'état de délabrement relatif du téléphone public d'où je l'appelais.

-Oui, j'y tiens vraiment, mais le patron n'accepte pas d'inscrire les étrangers.

-Il ne peut pas, confirma aussitôt l'inspectrice.

En sollicitant l'aide de Xiao Ming, je joignais l'exigence professionnelle à l'intérêt privé. En effet, nous gardions l'un et l'autre un souvenir amer du week-end dernier. Je nous revoyais encore passer sous le portail traditionnel, Xiongdi, ses soeurs et moi-même et pénétrer dans le marché à la faveur d'une soirée fraîche. Très vite, à travers la foule, Xiongdi ouvrit le passage, accompagné de Ming Xiaojie. Xiao Ming et moi-même peinant à avancer, restâmes en retrait. La conversation s'engageant à l'aune de cet instant d'intimité, nous revînmes sur la brève liaison que nous vécûmes lors de mon premier séjour à Formose.

Sportive, elle portait sa veste de cuir marron dont les reflets -insigne coquetterie- s'accordaient à sa coiffure. Car j'aime à me rappeler ce joli brin de fille : elle entretenait avec soin dans sa chevelure d'ébène un carré mi-long. Sur la gauche du visage, une mèche teinte de blond ou de roux suivant ses humeurs, attirait le regard, et dissimulait le pavillon d'une petite oreille charnue. Là, les hommes qui l'embrassaient, découvraient un grain de beauté, exquise mouche, trophée de son coeur. Comme Xiongdi, elle gardait de ses origines le teint blanc des Mandchous, une pâleur nippone que, les soirs de sortie, elle accentuait d'une noisette d'onguent. Quand elle se sentait triste, elle abusait du mascara pour allonger démesurément ses cils.

Or, précisément, je la trouvai triste ce soir-là. A la confusion des sentiments s'ajoutait une allégeance fraternelle sans faille : Xiongdi, malgré la discrétion qui entourait l'affaire, souffrait du manque de reconnaissance des parents. On lui reprochait de se refuser à toute descendance. Lui, fier et fidèle à ses idéaux plus occidentaux que chinois, supportait ce mépris latent avec grâce. Aussi la belle Xiao Ming renonça-t-elle à moi par sens du devoir. Plus exactement, elle réprima toute forme de jalousie : si Xiongdi trouvait bonheur à mes côtés, la fratrie en tirerait plus de bénéfices que ses caprices de gamine.

Mais leur soeur aînée, Ming Xiaojie, finirait vieille fille, ce qui constituait un écueil de plus dans le sillage de l'inspectrice. Toute entière adonnée à sa carrière, elle savait pendre au-dessus d'elle une obligation morale, car, désormais, on attendait d'elle qu'elle se mariât et donnât aux Ming un fils. Sans doute, frémissait-elle à cette idée, à la pensée même de l'emploi subalterne qui l'attendrait à son retour de maternité. Non, elle se refusait d'y penser. En s'amourachant de moi, elle trouvait naguère encore un chemin médian : vivre avec un occidental lui offrirait probablement une position originale sur l'échiquier social de Taïwan. Ses supérieurs ajouteraient à cette originalité celle d'une carrière qui se poursuivrait malgré les devoirs maternels.

D'ailleurs, l'appel du large vibrait en Xiao Ming. Comme Xiongdi et au contraire de leur soeur, elle aspirait à une existence remarquable. S'y briserait-elle les ailes, elle ne s'en souciait guère, non par déni, en réalité, mais du fait de cet instinct qui pousse le naufragé à garder la tête hors de l'eau. Ainsi Xiao Ming, inspectrice aux états de services remarqués, se lançait-elle à corps perdu dans l'étude du français. Alors que ses collègues aux dents longues apprenaient l'anglais dans l'espoir d'intégrer la division, prestigieuse au demeurant, de la police touristique, celle-là même qui gère toutes affaires impliquant des ressortissants étrangers, hommes d'argent et simples visiteurs, la jeune inspectrice choisit de quitter la horde. En optant pour la langue de Voltaire, elle visait un créneau rare où elle brillerait par son exception. Et là où Xiao Ming s'aventurait, elle traçait un sillon profond avec une détermination calme et toujours intacte. Cet orgueil constituait la planche de salut sur laquelle elle se hisserait fièrement malgré la houle et la tempête.

Or tandis que son examen de français approchait, elle ressentait plus que jamais l'urgence de l'action. Elle ne se jugeait pas prête, et excluait d'échouer. Je ne doutais pas que les affres de notre idylle brisée comptaient pour peu au regard de son ambition. Mais abandonnons ici notre promenade au marché et les propos doux amers qui s'y échangèrent. Le temps nous presse de revenir au club de tir de Raohe Street. Titillée par la curiosité, Xiao Ming m'y rejoignit. Elle gara la voiture de la brigade devant l'immeuble et en sortit, habillée en civil.

-Effectivement, confirma-t-elle traduisant au besoin les propos du propriétaire, le patron peut éventuellement enregistrer l'inscription d'un étranger s'il obtient le statut de résidant. On ne peut déroger à cette règle et tu ne travailles ici qu'avec un visa de trois mois.

Elle s'exprimait dans un curieux mélange de français mâtiné d'anglais et de chinois, pidgin qui n'appartenait qu'à nous.

-Quelle déception ! déplorai-je. En entendant les détonations, je me sentais comme appelé par le lieu ! Je croyais vraiment que je pourrais apprendre à tirer.

Se souvenant de ma tentative infructueuse d'intégrer jadis la police belge, elle croyait comprendre les motifs de ma requête et semblait sincèrement affectée par le refus qu'on m'opposait. Elle soupira, et m'attira vers l'une des tables hautes où l'on improvisait une manière de cafétéria. Derrière une fenêtre à triple épaisseur, presque opaque à cause de la superposition maladroite des feuillets de verre, je jetai un regard détaché vers l'asphalte de Raohe Street.

-Merci quand même ! Je te paye un coca ? proposai-je en fourrageant dans ma poche à la recherche de pièces.

-Attends !

*

Elle retourna au comptoir et commença à mi-voix une longue discussion avec le tenancier. Les minutes passèrent sans que je comprisse ce que Xiao Ming tâchait de négocier ni comment elle s'y prenait. Elle finit par sortir son insigne, sa carte de police et plusieurs documents.

-Tout s'arrange, conclut-elle en revenant vers moi tandis l'homme remplissait un carnet à formulaires. Je m'inscris. Tu pourras t'entraîner avec une carte d'invité même en mon absence : je signerai une autorisation au patron.

-Et la légalité ?

-On ne prévoit pas ce cas précis. Si personne ne l'interdit, on peut supposer que rien ne s'y oppose.

Je m'approchais pour l'embrasser lorsqu'elle tendit le plat de la main vers moi pour entraver mon mouvement.

-N'y compte pas ! Nous passons un marché !

Devant mes regards interrogateurs, elle ne tarda pas à expliquer son projet :

-Je passe mon examen de français dans deux mois. Je m'inscris et t'obtiens la carte du club, si tu m'enseignes le français.

Tout à ma joie, je trouvai opportun que notre relation partît sur de nouvelles bases. Passant ce contrat, nous soldions le cadavre des sentiments et nouions un pacte d'intérêts. Le temps que le ministère contresignât la demande d'inscription, je ne commençai mon entraînement que le lendemain. Délai notoirement court, à imputer à la qualité de l'impétrante. Rien dont je pusse me plaindre. Quant à ma part du marché, j'y trouvais un second avantage : ma chère inspectrice passait au Business Centre du Grand Hotel au moment du repas ; nous déjeunions ensemble autour de sa méthode, riant de ses erreurs et souriant à ses progrès.

*

Le soir de cet heureux arrangement, je rentrai tard. Xiongdi m'accueillit à son habitude, doux et posé. Comme chaque jeudi désormais, j'entrepris de lui tailler la barbe. Elle s'épaississait heureusement : la moustache et le bouc ne se rejoignaient guère, pas plus que le raccord entre les favoris et le menton ne me satisfaisait. Ménageant la chèvre et le chou, je taillais le poil et épargnais le duvet. Cependant, je me fendis d'une explication justifiant mon retard.

-Tu t'inscris dans un club de tir ? s'exclama-t-il, écartant de la main la paire de ciseaux.

Dans sa voix se mêlait un imbroglio de sentiments divergents et confus, qui, de quelque nature qu'ils ressortissent, dénonçaient ses préoccupations d'amant. Mais toutes exprimaient une inquiétude qui peinait à se nommer: le choix du tir convenait-il vraiment à son assassin de mari ? Certes, un relent de morale commune l'exhortait à mépriser les armes et leurs usages homicides, mais, plus que cela, Xiongdi redoutait paradoxalement qu'un tel violon d'Ingres ne participât à me trahir. Somme toute -et je ne me lasserai pas de le répéter,- notre affection reposait sur un pacte faustien : il se taisait sur mes crimes et je lui devais mon impunité. Le cas échéant, argumentait-il à demi-mots, je marchais sur la corde raide et attirerait l'attention dans l'exercice de mon passe-temps.

Je m'imaginai un instant lui rétorquer qu'au contraire, l'usage des armes à feu me répugnait, que la poudre marquait le coupable, ainsi que l'empreinte du canon sur les balles, et qu'en m'abstenant de tuer avec de tels dispositifs, je me mettais justement hors de tout soupçon. Une allégorie illustrera ce propos. Jadis, en Espagne, on prétexta auprès de quelque seigneur que les Turcs détenaient une princesse richissime. En l'occurrence, il fallait que notre homme versât la rançon pour qu'on délivrât la demoiselle qui saurait se montrer généreuse tant de ses deniers que de ses charmes. Le seigneur s'exécuta et la fin se laisse aisément deviner : les coquins empochèrent la rançon et disparurent. Le tour, reposant sur un savant mélange de finance et de sentiments d'où procède la naïveté du malheureux, passe depuis le 16e siècle pour une escroquerie classique, connue sous le nom de prisonnière espagnole.

Mais le stratagème vaut autant pour le renseignement, car il autorise encore d'exquises diversions : tandis que ladite princesse attire tous les regards, que l'on s'extasie devant le rêve qu'elle évoque, son rang, ses titres, ses ors et ses charmes, les fantasmes qu'elle excite, amenuisent l'attention. Son éclat se rehausse, par ailleurs, des lumières qu'on jette sur elle, si bien qu'il se crée *a contrario* une zone d'ombre. Là se terrera l'acte que l'on veut perpétrer avec discrétion. Et le procédé tout entier s'agrège depuis longtemps dans les pratiques des gouvernements : combien de mariages princiers compte-on qui, célébrés dans la liesse des nations, occultèrent des réformes austères ? Et, de même, l'on sait qu'il ne se trouve pas un chef d'Etat qui n'aspirât à la guerre, et, à la faveur de celle-ci, invitât les députés à voter des lois de raison. Et les peuples de croire qu'alliances et engagements militaires reposent sur les sentiments ou les principes, quand, en vérité, seuls les calculs les motivent. Regardez Louis XIV dont Versailles illumina l'Europe malgré les misères de la guerre. Quant à Louis XVI, qui voulut revenir à plus d'humilité, il y perdit sa couronne et bien davantage. Pays qui s'accommode de ses pauvres, l'Angleterre doit, je crois, la moitié de sa stabilité à son décorum. Et l'on doute de l'Union Européenne, car elle manque de fastes : ses boutiquiers de commissionnaires la gouvernent à coup de menaces... Piètres artistes, s'ils vendaient un peu de rêve, l'on s'y serrerait la ceinture avec la joie des martyrs.

Ainsi, en créant l'événement autour de mon nouveau hobby, je braquais les regards sur la détente de mon arme ; les gorges qu'ouvriraient ma lame, nul ne s'en préoccuperait. Démagogie, diversion, prestidigitation, dissimulation, main de Carrie surgissant à la fin du film depuis le coin inférieur droit de l'écran, le procédé se décline de mille manières selon les arts qui le convoquent. Hélas, je ne pouvais exposer tant de détails à Xiongdi, dont l'ignorance assurait la sécurité. Je posai un doigt sur sa bouche : meurtre, tuer, assassin, autant de mots auxquels il lui fallait renoncer. Je le serrai étroitement pour le rassurer.

-Et puis, Xiao Ming me donne son aval, conclus-je.

Il savait que jamais je ne mettrais l'intégrité de sa soeur en danger, et accueillit l'argument comme une promesse.

-Et comment en arrive-t-on à trouver un club de tir sur Raohe Street ? me questionna-t-il, serein désormais.

Je lui servis la même explication qu'à la soeur :

-Je voulais voir ce que donnait le marché de nuit pendant la journée. En mangeant une soupe dans un bar à nouilles, je compulsais des dépliants...

Les coups de feu, les indications du patron, ma découverte du club, tout s'enchaîna naturellement sans que rien ne parût invraisemblable. S'il avérait que je me trouvais sur Raohe Street pour en prendre le pouls, Madame Bak, la raison première, de mon déplacement, resterait dans l'ombre. L'omission valait moins qu'un mensonge, et, d'ailleurs, je ne jugeais pas opportun de m'en soucier puisque j'en usais par obligation professionnelle.

*

Poursuivant mon explication, je terminai mon ouvrage. Tandis que Xiongdi s'admirait dans le miroir de la salle de bain, je me rendis dans la cuisine, où curieusement, nous rangions la paire de ciseaux à barbe. Le plan de travail comportait trois tiroirs. Dans l'un, nous remisions les ustensiles alimentaires, un deuxième accueillait du matériel divers ; du dernier, l'on usait comme d'un vide-poche si bien qu'il y gisait un amas d'objets hétéroclites. Peu accoutumé encore aux détails de la maison, j'ouvris celui-ci par erreur.

Dans chaque famille, vous trouverez une boite ou une cassette contenant vieux clous, visses délaissées, menus objets cassés qu'on se promet de réparer, lacets orphelins, tubes de colle séchée. Ces rescapés survivent dans l'ombre de la mémoire, car on se souvient si peu d'eux qu'on néglige de les jeter. On les garde par habitude, paresse, voire une façon d'amnésie. Et ces outils de peu échappent jusqu'à nos regards. Mais un limier se terrait en moi, et se prit, ce soir-là, d'une lubie de charognard. Xiongdi venait de refermer la porte de la pièce derrière lui : sans doute s'isolait-il un instant aux toilettes. Devant moi, au fond du tiroir ouvert, je découvris un tupperware, un cube translucide, qui, en vérité, ne s'y cachait guère, et, à la manière des clochards, conservait dans son caddy mille breloques. Au milieu des écrous rouillés nageaient d'anciennes clés d'armoire. Mon flair réveilla mes instincts de chasseur. Je soulevai la boîte, la tournai dans tous les sens, et l'exposai à la lumière de la hotte. La soulevant pour distinguer à travers le plastique ce qui se cachait au fond, je découvris, brillante et neuve, la forme d'une clé d'acier incrustée de cloques. Je venais de trouver le sésame qui m'ouvrirait la porte close. Ravi de ma trouvaille, et presque comblé par elle, je rangeai la boîte avec soin à l'endroit exact d'où je la soustrayait une minute plus tôt. Bien sûr, je différai l'ouverture de la chambre secrète. Peu m'importait : j'avançais un pion sur le tablier du jeu de go, et rattrapais mon retard. En sortant de la salle de bain, Xiongdi me trouva jovial, taquin et détendu.

*

Dès le lendemain, je m'investis quotidiennement dans l'apprentissage du tir. L'instructeur me prévint d'emblée que la première cartouche me rattacherait toujours à l'arme qui la tirerait. Le monde des tireurs se partageait entre les idolâtres des pistolets et les fanatiques du revolver. Je ne dérogeai pas à la règle : je portai mon premier coup à l'aide d'un MR-73, lequel naguère encore équipait le RAID. Lorsque je m'essayai au Beretta, mon poignet sembla répugner à serrer le pistolet, et le recul, moins franc, me laissa une impression de mollesse. Ainsi entrai-je dans l'univers feutré des revolvers. Le patron reconnut vite en moi un frère d'élection : dès qu'il voyait mon nez pointer son bout blanc au sortir de l'escalier en colimaçon, il extrayait de son armoire le coffret de bois qui m'attendait chaque soir. Partant, la discipline m'ennuya si vite que je finis par me contenter de trois cibles quotidiennes, alternant au gré des barillets les cartouches 9 mm Parabellum avec de coûteux 357 Magnum.

Tantôt je m'attablais au snack avant l'entraînement, tantôt je tirais et sirotais une boisson depuis le bar du club, quand je n'écourtais pas les séances pour flâner entre les rayonnages de la librairie voisine où quelques livres anglais dépérissaient. Cependant, j'épiais les allées et venues de Madame Bak. Celle-ci, hélas, menait une vie austère, sortait à heures fixes avec fille et mari, et restait cloîtrée chez elle à exercer son métier. Devant sa porte défilaient couples, jeunes femmes à la mode, familles, tous gens de la bourgeoisie cossue. Bien que je ne m'embarrasse pas des motifs de ma mission, le travail de Madame Bak ne me paraissait pas différent de celui d'un photographe de quartier ordinaire. Mais je me trouvais bien placé pour savoir que la surface lisse de l'eau pouvait cacher d'étranges hydres. La patience s'imposait et j'en disposais à l'envi. L'occasion, tôt ou tard, se présenterait à moi. Un jour, Madame Bak dérogerait à ses habitudes, croiserait mon chemin, m'offrirait l'heur de l'éliminer.

*

Cependant, le mois de décembre s'écoula paisiblement. Parfois, le week-end, Xiao Ming venait trouer quelques cibles en ma compagnie ; Xiongdi se joignait à nous, méfiant d'abord et soucieux de me tenir à l'oeil ; bientôt, il gagna en décontraction et finit par tirer à son tour, non sans talent d'ailleurs. Plus tard, l'on sortait sur Chengdu Road dans le district de Ximen, plus informel que les lumineux boulevards de Songshan. Or je devais rentrer en Europe pour la durée des fêtes conformément à mon contrat de secrétaire. A parler vrai, je n'y aspirais nullement : ma vie se trouvait désormais à Taïpei. Aussi vécus-je les jours qui précédèrent mon départ avec une acuité particulière laquelle, je le présume, précipita inconsciemment les événements que voici. En effet, je me sentais une nervosité somme toute compréhensible à l'approche de ce départ auquel je répugnais. Honte à moi, seule la perspective de revoir ma grand-mère me charmait : pour le reste, je prenais chaque minute arrachée des bras de Xiongdi pour une torture. Le temps participait aussi de ce malaise.

L'hiver, généralement sec et tiède à Taïpei, ne se montra guère à la hauteur de la tradition. Je venais à peine de rentrer de Raohe Street qu'un tempête digne des orages étésiens s'abattit sur la ville. Dans le noir de la nuit, les gens s'en étonnèrent un instant avant de monter le son des téléviseurs. Le café soluble manquant pour le petit-déjeuner, je résolus de sortir en acheter à l'épicerie malgré les intempéries.

-Tu ne comptes pas sortir ? me demanda Xiongdi.

-Il le faudra bien : tu sais que je ne peux pas partir au travail le ventre vide.

-Je vois bien que tu tournes en rond. Tu reviendras trempé. Veux-tu que je t'accompagne ?

Dans la balance oratoire, la question comptait plus de politesse que de sincérité.

-J'aime me promener quand il pleut. Tu me prêtes ton parapluie ?

Xiongdi leva le nez de son livre. A la manière de nombreux asiatiques, il se distinguait par une souplesse remarquable et pouvait rester assis en tailleur à lire des heures durant. Il parvint à s'extraire de sa posture sans la moindre raideur et, quittant le canapé, s'approcha du porte-manteau. Il me tendit son large parapluie noir. L'averse tombait si drue que je renonçai à mes jeans : ils tarderaient à sécher. Aussi sortis-je en survêtement de nylon, l'un de ces modèles de sport dont les paresseux de mon espèce usent comme d'un pyjama. Aux pieds, une paire de Converse assortis que je décidai de sacrifier à l'ondée : de toutes manières, il me fallait épargner mes souliers de cuir que je chausserais le lendemain pour partir au Grand Hotel et qui

-élégance oblige- ne s'accordaient nullement à ma mise.

Dehors, la pluie s'écrasait sur le sol où ses impacts dessinaient d'insaisissables cratères. Les flaques se joignaient les unes aux autres et, autour des égouts saturés, formaient de profondes mares. Je marchais solitaire dans cette nuit d'encre. Abrité sous la toile noire que perçait l'une ou l'autre giclée plus violente que ses paires, je m'offrais à l'exaltation d'un moment singulier que tant d'autres fuyaient. Car je ne frissonnais guère sous ce climat subtropical, et mes chaussures sécheraient bien ! Ainsi, sans rien à perdre, je m'amusais des flots qui brouillaient le décor. Les halos jetés par les réverbères, s'irisaient et vibraient étrangement.

J'arrivais devant la boutique lorsque je me souvins que je venais de dépenser mon dernier billet dans un taxi. Il me faudrait gagner le distributeur et retirer de l'argent avant de procéder à mes emplettes. Loin de me plaindre du détour, je m'engageai plus avant sur la rue. A l'approche de la maison de Madame Cheng, j'avisai une large flaque. Me rappelant que la bordure s'élevait à plus de cinq centimètres et que l'eau s'accumulait au point d'atteindre à la dalle du trottoir, je traversai la rue déserte pour m'épargner la pataugeoire. Or la porte du garage demeurait ouverte. Et la pluie y battait si fort que l'huis commençait à s'abaisser selon que l'averse le frappait avec plus ou moins de force. Et quand les grêlons liquides percutaient l'aluminium à coups redoublés, la surface rendait un bruit étouffé de tambour et s'inclinait simultanément. Mais, à l'intérieur, de la voiture garée s'échappait une nuée de gazole. Les lumières éteintes, nul ne pouvait soupçonner qu'un moteur tournait dont l'averse couvrait le ronronnement. Un taxi approcha, je me serrai contre le mur pour éviter les possibles aspersions, et lorsque les faisceaux de ses phares éclairèrent l'entrée du garage et qu'apparut à travers la vitre arrière, l'ombre d'une chevelure affaissée, le limier qui sommeillait en moi s'éveilla : Madame Cheng, saoule une fois de plus, venait de garer la voiture. Sans doute dormait-elle d'un sommeil d'alcoolique sans réaliser que sa monture d'acier vrombissait encore. Quant au mari, il attendait bien au chaud dans la douceur du logis la femme qui lui causait tant de tracas. La pluie ne l'incitait pas à sortir. Le souhaitait-il vraiment ? La mégère arriverait tôt ou tard. Pourtant, sur ce point, il se trompait !

Je marchai, allègre, vers mon distributeur de billets. Trois minutes plus tard, j'en revenais pourvu des coupures nécessaires à mes achats. Sur le chemin du retour, je ne traversai pas : qu'importe si j'immergeais mes souliers ? l'occasion qui s'offrait à moi, valait cet humble sacrifice... Parvenu au niveau de la porte du garage, je baissai la tête pour passer dessous tandis que mon parapluie, levé à dessein, traçait au-dessus une parallèle à ma course. L'obstacle passé, d'un geste pur et simple, je rapprochai le parapluie. Derrière moi, l'embout d'une baleine vint entraîner, dans son mouvement descendant, l'huis qui peinait à osciller davantage. Lancée définitivement, la porte pivota à la verticale. Entre les claquements de la pluie sur le sol, je perçus le son clair du verrou mécanique.

Partant, je me mouillai un peu, achetai le café et rentrai. Le lendemain matin, lorsque je partis travailler, je repassai devant le garage de Madame

Cheng afin de rejoindre la station de taxis. Deux voisins s'inquiétaient d'entendre le moteur tourner derrière la porte close. Ils hésitaient à déranger les propriétaires. Il me fallut attendre le soir pour obtenir par Xiongdi la confirmation du décès. Madame Cheng, morte étouffée par les gaz d'échappement dans son propre garage. La police hésitait entre le suicide et l'accident. Les commerçants du quartier ne parlaient que de cela : chacun vérifiait que le veuf ne se trouvât pas dans les parages avant d'avouer son soulagement. Madame Cheng, la soiffarde, la malpolie, pouvait s'estimer heureuse de partir sans compter d'accident de la route à son palmarès. Les enfants pourraient désormais marcher sans crainte qu'on les écrase !

Xiongdi, me racontant les bruits que colportaient les voisins, laissait poindre un sourire en coin à la commissure des lèvres. Ainsi en va-t-il de la mort qui mêle chez les vivants la triste pudeur du protocole à la satisfaction indicible. De tous les meurtres que je commis, celui de Madame Cheng frôlait la perfection à laquelle j'aspirais : la baleine de mon parapluie, en accompagnant le mouvement esquissé de la porte, se rapprochait de ce que la nature peinait à enclencher elle-même. Ce crime ne reposait que sur une insensible incitation, comme l'écho qui provoque, explique-t-on, les avalanches en haute montagne.

Mais la mort de Madame Cheng s'accompagna d'une révélation qui suscita en moi un profond émoi : ma victime s'avérait la première personne de sexe féminin que je privais de la vie. Je réalisai aussitôt combien je me leurrais jusqu'alors, pensant que rien ne me reliait à mes cibles. Bien plus, tout le temps que je consacrais à épier Madame Bak pour les Services Spéciaux de ***, jamais à aucun moment, je n'entrevis l'écueil de mes méthodes alors que je consacrais ces mêmes heures à les analyser. Je comprenais désormais la profondeur de mon aveuglement et la présomption que je laissais peser sur mes pratiques. Avant ce deuxième voyage à Taïpei, en effet, j'inclinais à croire que je me trouvais en marge de l'humanité ; en réalité, je gagnais en maturité : je partageais les faiblesses de mes semblables. Et de ce savoir, je comptais tirer profit. Je me libérai de ma toute puissance et remis la prudence au nombre de mes vertus cardinales.

*

Le lundi qui suivit, lequel précéda mon séjour en Europe, Xiongdi m'annonça qu'il assisterait à une conférence et que, par conséquent, il rentrerait tard. Or, d'après mes observations, je ne tirerais pas grand-chose à espionner une fois de plus Madame Bak, qui concentrait l'essentiel de son activité de photographe en début de semaine. Donc, je décidai de surseoir à mon déplacement quotidien à Roahe Street, et rentrai de bonne heure à la maison. Là, je brûlais d'ouvrir la chambre secrète de mon compagnon. A nouveau, je verrouillai la porte de l'appartement de l'intérieur en prenant soin de laisser la clé engagée dans la serrure. Je mis un fond de musique pour étouffer les bruits éventuels. Si Xiongdi venait à rentrer plus tôt que prévu, je prétexterais une sieste pour justifier du temps qu'il me faudrait pour dissimuler les traces de mon passage.

D'abord, j'entrepris de récupérer la clé de sécurité qui gisait au fond du tiroir de la cuisine, cachée dans le tupperware parmi visses, écrous et vieux objets rouillés. Pour parvenir à mes fins sans troubler l'agencement initial, je saisis une boîte de plastique de même taille ; couvrant le contenu du tupperware à l'aide d'un carré de papier, je le transvasai dans la deuxième boîte de sorte de le précieux sésame s'offrit à moi. J'en avisai sa position exacte que je mémorisai afin de l'y restituer à la fin de mon enquête. Les pieds serrés dans les chaussons, je m'approchai de la porte close et insérai la clé dans la serrure. Puis je m'accroupis. Lorsque, à l'ouverture, un jour commença à paraître, je surveillai l'allumette afin de m'assurer qu'elle constituât le seul piège susceptible de dénoncer l'intrusion. Je voyais juste : rien d'autre ne m'attendait.

Cependant, la nuit tombant tôt en ce mois de décembre, je ne pouvais illuminer la pièce au risque que Xiongdi ne remarquât ma présence depuis le rez-de-chaussée s'il rentrait de bonne heure. Par chance, un jeu de persiennes précédait d'épaisses tentures le long de la modeste fenêtre. J'occultai la fenêtre à l'aide des deux dispositifs avec précaution et me contentai de l'éclairage indirect que me procurait la lampe de bureau depuis l'extérieur de la pièce. Certes, je redoublais de prudence : somme toute, cela relevait du jeu, mais l'évocation même de la partie de go dans notre vie de couple, ainsi que le secret que laissait planer Xiongdi autour de cette chambre, donnait tout son sens à l'expression « de bonne guerre ».

Sur un long plan de travail, je dénombrai des dizaines de pinceaux à calligraphie de facture diverse et dont certains me paraissaient très anciens. Je remarquai la présence d'un télé-agrandisseur pour malvoyants. Plus loin, une boîte métallique de la taille d'une grosse imprimante attira mon attention ; en inspectant l'engin, je remarquai qu'une lumière violette s'en échappait par une lucarne à travers laquelle je reconnus aussitôt le shanshuihua de Juran. Sur le côté droit, le caisson se voyait relier à une sorte d'aérosol qui me rappelait les bonbonnes de gaz utilisées dans sur les terrains de camping. La bouteille, à usage industriel, mentionnait le produit contenu : N2, à savoir du diazote. J'en déduisis qu'il s'agissait d'un dispositif permettant la destruction des parasites dont Xiongdi soupçonnait la présence sur la soie de l'oeuvre. Dans un large casier de plastique compartimenté, je découvris des documents anciens, des feuilles de papier ou de soie, vierges apparemment, soigneusement classées sous les sinogrammes qui renvoyaient, pour autant que je pusse en juger, à leur dynastie respective.

Sur le plan à calligraphier, des pots de couleurs, des encriers de toutes sortes portaient des étiquettes curieuses lesquelles se signalaient par des sinogrammes similaires. Devant eux, une sorte de carton à dessins trônait. Je l'entrouvris pour y trouver une toile de soie semblable à celle de Juran. Elle portait l'esquisse d'une montagne en pain de sucre comme si Xiongdi s'essayait à reproduire des parties de l'original. Ailleurs, des chiffons, des bassins, des cases, quelques livres. Dans une boîte gisaient des rouleaux très anciens que je n'osai déranger et où j'entraperçus des caractères tracés à la manière antique.

Mon savoir ne me permettait pas de porter quelque conclusion définitive sur l'activité de Xiongdi. Ce que je voyais m'évoquait des travaux de reconstitution paléographique. Bien sûr, l'esquisse d'une reproduction de la peinture de Juran dans le soufflet du carton à dessin suscitait en moi l'image du faussaire. Cependant, je prenais soin d'éviter de m'égarer dans mes conjectures. Nonobstant, ce qui m'y invitait puissamment, reposait justement sur le mystère que mon amant entretenait autour de ce que je contemplais alors. Mais toute interprétation pourrait s'avérer : soit Xiongdi cherchait à m'intriguer à son tour et, partant, s'amusait à me leurrer, soit, pudique et pointilleux, il voulait attendre un peu afin de me présenter les résultats aboutis de son travail d'expertise, soit, effectivement, il dissimulait un secret. Le cas échéant, il n'en restait probablement rien à l'heure où je fouillais la pièce.

Je tâchai d'imprimer chaque détail dans ma mémoire, éteignis la lampe de bureau, rouvris tentures et persiennes, replacer l'allumette, tête soufrée vers le bas, entre l'huis et le chambranle, tournai la clé, la replaçai dans la position où je la trouvais une vingtaine de minutes plus tôt au sommet du tas de ferraille et transvasai celui-ci derechef dans le tupperware d'origine. Le tout revint à sa place au fond du tiroir. Je soufflai et montai le son de la chaîne hi-fi avant de m'affaler dans le canapé.

*

Le bref séjour que j'effectuai en Europe durant les fêtes de fin d'année 1991, m'invita à dresser le bilan de la période écoulée. Si je mis le temps à profit pour rendre visite à ma grand-mère et à quelques proches, je ne m'attarderai guère sur ces rencontres qui ne concernent pas directement notre propos. Aussi longtemps que dura le voyage, il ne se passa pas une heure sans que mes pensées s'égarassent dans la direction de Formose. Xiongdi le jour, Xiongdi la nuit hantait mes rêves et mes songes éveillés. Et je m'y absorbais si profondément que je ne gardais nul souvenir de mes déplacements ; rendu d'un point à un autre, je laissais s'échapper les détails de mes trajets et si je devais résumer ce qu'il me restait de l'espace parcouru, je le réduisais à peu de choses : l'image de Xiongdi à travers l'ébène de ma mémoire.

Je l'aimais et n'en doutais guère, et, sans doute, aimais-je pour la première fois. Or le mot lui-même m'effrayait, totem et chimère ressassés de tous temps par les poètes et le vulgaire, hydre trop vague pour décrire ce que je ressentais. Car mon compagnon ne me manquait pas réellement ; je ne ressentais pas de vide, mais au contraire le désir de partager avec lui un plein contentement. Et je ne me reconnaissais pas dans la personne dont le miroir me rendait le reflet : je m'y trouvais plus fort.

Pourtant, je ne parvenais pas à discerner quelle attitude il me fallait adopter pour me comporter en amant digne de Xiongdi. Je savais que les gens s'échangeaient des cadeaux. Dans un premier temps, j'envisageai la possibilité d'acheter quelque babiole à mon mari. Mais je m'égarais : si la fête de Noël ne signifiait rien pour moi, elle n'évoquait pas plus d'image chez mon amant. Quant à la Saint-Sylvestre, on ne la fêtait pas plus à Taipei, puisque le Nouvel An chinois tomberait en février. Je décidai de respecter Xiongdi dans cette singularité qui nous distinguait et convins que je ne rapporterais rien qui le rattachât artificiellement aux célébrations occidentales.

*

Eu égard à l'époque, nous fumions peu. Xiongdi posa sur la table à manger la cartouche éventrée de Lucky Strike. Il en ouvrit un paquet, alluma une cigarette qu'il me tendit avant de s'en offrir une à son tour. Puis, sautant comme un cabri, il m'entraîna vers le canapé où, une fois assis, il déballa cérémonieusement la bouteille de XO que je lui rapportais de la zone internationale.

-Tu te souvenais que j'adore le cognac. Tu ne peux t'imaginer combien ton attention me touche.

Il déposa un baiser sur mes lèvres, puis, tandis que nos cigarettes se consumaient sur le bord du cendrier, il apporta deux verres. Je me gardais de lui signaler que seuls les asiatiques appréciaient encore la saveur âpre du cognac et que, justement, je devais à cette originalité l'idée du cadeau. Alors qu'il versait la liqueur, je détaillai sa mise : il revenait de chez le coiffeur et portait un collier de barbe savamment travaillé.

-Gan bei !

« A la nôtre ! »

-Moi aussi, je voudrais t'offrir un présent, poursuivit-il, mais il faut que tu acceptes de jouer le jeu.

Il sortit l'un de ces bandanas dont les tiroirs du monde entier regorgeaient, et m'en couvrit les yeux. Je compris aussitôt ce qu'il me réservait, bien que je m'astreignisse à la stricte observance de ses prescriptions. Aveugle, je me laissai guider dans l'appartement jusqu'à la porte close. Au crissement écrasé qu'émit la clé de sécurité dans la serrure, je reconnus le geste qu'une quinzaine de jours plus tôt, j'effectuais moi-même : si je retrouvais la pièce dans l'état où ma mémoire en gardait le souvenir, je m'abstiendrais, me promis-je, de toute pusillanimité à l'endroit de Xiongdi, me montrerais franc et éviterais, à l'avenir, toute dissimulation. Dans tous les cas, j'allais savoir si la chambre secrète constituait en soi un pion dans notre partie de go. Le bandeau retiré, je mimai la surprise.

La lumière claire du plafonnier jetait sur la pièce un jour que je ne lui connaissais pas. Tout m'y sembla similaire à l'image que j'en conservais. J'écoutai Xiongdi me présenter avec autant d'entrain que de passion la cassette à diazote où il procédait à la stérilisation douce des documents anciens. Il m'expliqua qu'on y venait à bout des micro-organismes de tous poils. Il me présenta une collection de pinceaux dont le plus ancien remontait à la dynastie Jin. Il déboucha des fioles qui contenaient des encres antiques, et déroula des soies vierges et des papiers de riz vieux de mille ans. Enfin, il ouvrit son carton à dessins et en sortit la feuille serrée entre une double protection de plastique et de coton.

-Regarde ! Voici la peinture de Juran. Lorsque je ressens une hésitation pour établir l'authenticité d'une oeuvre, je tâche de la reproduire à l'identique en respectant scrupuleusement les techniques de l'époque ; de tout ce que tu vois ici, je crois que ma collection de pinceaux dépasse le reste en valeur.

-Ils appartiennent à l'Université ?

-Les plus anciens, oui, concéda-t-il, à l'exception de celui-ci qui date des Cinq Dynasties et que je viens d'acheter aux enchères. Les supports anciens que tu vois là, viennent également des archives. (Il déplia un rouleau jauni.) On ne le publie pas sur tous les toits, mais pour les besoins de l'expertise, il arrive qu'on doive essayer de reproduire une oeuvre avec les techniques de l'auteur sur un support d'époque et à l'aide d'un matériel ancien. On consent alors à sacrifier un peu de soie ou de papier d'époque.

Xiongdi, tout à sa passion, déconnecta le stérilisateur et l'ouvrit pour en sortir le shanshuihua de Juran. Il le confronta à la reconstitution en cours.

-Jusqu'à présent, tant le support que le style correspondent à la période de l'auteur. Il se peut que je me trompe, mais la recette de l'encre utilisée rappelle plutôt ce qu'on utilisait plus tard sous la Dynastie Song.

-Ce qui implique ? le questionnai-je.

-Ce détail signifierait que l'on doive l'oeuvre non à Juran lui-même, mais à un admirateur de la génération suivante à moins qu'il ne s'agisse d'une contrefaçon de l'époque.

-Déjà ?

-Déjà ! soupira-t-il en esquissant un sourire narquois.

-Tu comptes achever la reconstitution ?

-Pour le plaisir, oui, mais après, je devrai la livrer au Musée : on ne voit pas d'un bon oeil qu'une copie conforme effectuée avec du matériel d'époque vienne gonfler le marché des faux. D'ailleurs, certaines conventions internationales interdisent qu'on produise des copies à l'identique.

Il fourragea sous son bureau :

-Je crois que ceci te plaira.

Me le présentant de manière cérémonieuse à l'aide des deux mains, il me tendit un tube de carton. Je me sentis confus et, pour parler franc, ne m'attendais pas à recevoir un cadeau en plus de la visite qui constituait en soi un présent inestimable. J'ôtai le capuchon de plastique ; Xiongdi m'aida à extraire le document que je déroulai devant lui.

-Nous procédons toujours à des tirages photographiques des oeuvres que nous recevons.

Voici une reproduction de la peinture. Je t'offrirais volontiers la copie que je dois terminer bientôt, mais je commettrais une faute professionnelle. Puisque l'oeuvre te plaît, j'espère que ce cliché te la rappellera.

Sans voix, j'admirais le cadeau. Le papier photographique, mat pour mieux rendre la texture du modèle, renvoyait détail pour détail à travers un grain trop fin pour se distinguer à l'oeil nu.

-Il faut près de deux disquettes pour contenir une image de cette précision, compléta Xiongdi. D'ailleurs, l'on n'en utilise plus : on préfère les cédéroms. Je voulais recevoir le tirage avant de te montrer la pièce.

Sous le coup de l'émotion, des larmes faillirent sourdre de sous mes paupières. Je ressentis un joie intense m'envahir, mêlée à un sentiment de honte... Xiongdi venait de m'ouvrir son antre en m'initiant aux secrets de son art. Si ma mission s'achevait au début du mois de mars, il ne me restait que deux mois de m'élever à la hauteur de mon amant. Nous nous étreignîmes étroitement dans la chambre secrète : tandis que je lui caressais la barbe, Xiongdi se frotta contre mon petit ventre...

-Tu pourrais me graver le shanshuihua de Juran dans le dos à coup de dents ?

Tandis que je prononçais ces mots, j'y mettais une certaine sincérité et sacrifiais, en somme, au souvenir de nos premières amours, lesquelles me valurent, précisément, des porter dans ma chair les morsures de Xiongdi à l'image de son nom et de sa marque. Pour l'heure, de cette dernière, il ne restait que le souvenir. Je me proposais de lui offrir ma peau rendue à sa virginité. Mais Xiongdi accueillit l'invitation sur le ton de l'humour.

-Que me chantes-tu là ? Je ne peindrais pas sur un si mauvais cuir !

-Si mauvais cuir ? répétais-je, piqué au vif. Il ne te gênait pas naguère encore !

-Oui, mais tu portes au milieu du dos, une tache de naissance en forme de demi-lune : je ne peux pas te mettre tout entier dans mon caisson à diazote pour l'atténuer. Je te répète que je ne veux pas peindre sur un si mauvais support.

Je lui pardonnai aisément son refus, et l'on s'enlaça plus étroitement.

-Je n'aime pas dormir sans mon ours, remarqua-t-il.

*

Dès le lundi matin, je repris ma routine : réception des fax au Business Centre, cours de français dispensés à Xiao Ming durant le déjeuner, rapports à ma supérieure, pauses de circonstances avec ma collègue Ming Xiaojie, entraînement au tir dans Raohe Street. Mon exil en Occident, submergé par un quotidien bien rôdé, ne restait plus qu'un vague souvenir. Le temps passant, je multipliais les activités dans le quartier du marché de nuit et prenais mes habitudes dans la librairie voisine qui m'offrait un autre angle d'observation sur Madame Bak. Les jours s'écoulaient et quoique confiant, j'entrevoyais, lointaine, la possibilité d'échouer dans ma mission. En réalité, je craignais surtout que Martha ne me demande quelle stratégie je comptais mettre au point pour nous débarrasser de la cible : je l'ignorais ; je savais que je disposais des ressources nécessaires ; mais l'imprévisibilité constituait la pierre angulaire de ma tactique. J'espérais que Martha se fiait, elle aussi, à mon instinct et saurait prendre son mal en patience...

A la fin du mois de janvier, à quelques jours du Nouvel An chinois, Madame Bak me livra le fil que je cherchais sur l'écheveau. Bien calé sur un tabouret surélevé, je terminais ma soupe de raviolis lorsqu'elle claqua la porte du studio. Habillée légèrement, une paire de lunettes de soleil en guise de serre-tête, elle ne semblait pas disposée à s'éloigner des rues adjacentes. Je la suivis du regard et la vis entrer dans la librairie. Depuis quelques jours, elle s'y rendait quotidiennement tantôt seule tantôt accompagnée de sa fille. En recoupant les lambeaux de mes observations, je compris qu'elle attendait l'arrivée de livres scolaires dont la livraison tardait à son grand désespoir. Lorsqu'elle franchit à nouveau le seuil de la boutique, elle ne se dirigea pas vers la maison, mais continua sa route plus avant. Elle traversa une rue, avisa une vitrine, hésita un instant et entra dans une agence de voyages.

Depuis une petite semaine, les clients se

pressaient dans ladite boutique ou d'autres de cet acabit, soucieux de programmer une excursion à l'occasion des jours de congé qui suivraient le Nouvel An chinois. Je conjecturai que Madame Bak imitait en cela l'usage des gens de Taipei.

*

Dix minutes plus tard, elle sortit de l'agence avec une pochette cartonnée sous le bras et se dirigea vers la porte du studio. Là, une famille l'attendait. Réalisant qu'elle venait de s'éclipser plus longtemps que prévu, elle accéléra le pas et se signala à ses clients. Au même moment, je sortis du bar à nouilles, traversai la rue en me glissant entre les vendeurs du marché qui montait leurs tréteaux, et atteignis le trottoir où marchait Madame Bak. Tandis que cette dernière courait encore, un feuillet s'échappa de son dossier que la brise du soir emporta lentement dans la direction opposée. Le client lui signala l'incident. La photographe se retourna, mais le papier volait déjà trop loin : elle renonça à le récupérer.

Or moi, je marchais précisément dans le sens

du vent. Accélérant insensiblement le pas, je poursuivis de loin la course du document. Celui-ci se cala sous la roue d'une camionnette de livraison à une rue du portail monumental qui signalait la sortie du marché. Frôlant le sol, le papier toucha une flaque d'eau et s'alourdit aussitôt. Me penchant, je le récupérai, puis me retournai, singeant celui qui cherche à restituer à autrui un objet perdu. Mais Madame Bak, fort opportunément, venait d'introduire ses modèles dans le studio.

Le lendemain matin, je m'installai au bureau du Business Centre et rendis grâce aux dieux : le document, une feuille de papier carbone, portait des caractères chinois clairement lisibles puisqu'ils sortaient d'une imprimante matricielle. Je ne devrais pas me débattre avec les graphies manuelles, autrement plus aériennes et compliquées. En l'occurrence, j'excluais, par souci de discrétion, tout recours aux services de mes collègues : le décryptage de la feuille m'accapara une journée entière, passée à décompter les traits de chaque caractère afin de retrouver sa prononciation, puis les mots où il entrait en composition.

Il s'agissait d'un contrat-type de réservation de vacances. Madame Bak y calait pour son mari et elle-même un périple de quatre jours durant la semaine qui suivrait la Fête du Printemps.

*

Les célébrations en tombaient, cette année-là, les 3 et 4 février. En tant qu'époux de Xiongdi, je ne pouvais ignorer ce détail. Mais il m'embarrassait d'autant plus que je me sentais mal à l'aise avec les rites de ma propre culture. Partout, on allumait des lampions rouges et depuis la colline du Grand Hotel jusque dans la dernière ruelle de Songshan ou de Neihu, les portes de Taipei arboraient les sinogrammes "bonheur" et "printemps" tête-en-bas, ainsi que le voulait la tradition, à des fins propitiatoires. Comme l'on entrait dans l'année du singe, les murs, les fenêtres, les bosquets se couvraient de colifichets simiesques et l'on allait jusqu'à tailler les buis à l'image de Wusong. Au coeur de cet ouragan de rouge et d'or, je me tenais droit sur le pont d'un fantasmatique vaisseau que je pilotais à vue.

Dans les quartiers, les comités, clubs et amicales, on rivalisait à qui présenterait les danses les plus complexes. Ainsi voyait-on jusqu'à dix enfants animer d'énormes dragons de tissus bariolés: les chimères se tortillaient au son des instruments traditionnels, virevoltaient, gambadaient avec aisance sur d'étroites pilastres, et l'on en venait à croire que la bête vécût pour de bon tant les bambins mettaient de zèle et de passion à leurs sarabandes. Invariablement, les charivaris s'achevaient sur une note suraiguë qui marquait la fin du spectacle: garçonnets et fillettes sortaient alors de sous leur déguisement et saluaient la foule des parents et voisins admiratifs tandis que l'éphémère dragon s'aplatissait lamentablement sur l'asphalte.

Pour ma part, soucieux d'agir au mieux en cette période de crise, je convoquai Ming Xiaojie et Xiao Ming à déjeuner. Je savais par Xiongdi qu'à son habitude, il ne participerait pas à la fête organisée par les parents. Leurs relations demeuraient si tendues que le fils prodigue s'entendait à ne leur présenter ses voeux qu'au lendemain du jour de l'An. Je rendis grâce à mon mari de rester à mes côtés en ces heures mémorables, et évitai l'indélicatesse de l'interroger sur qui lui tenait compagnie les années précédentes. Les chasseurs de tous temps, -dois-je le rappeler?- oursons et autres loutres, oscillent entre gloriole et pudeur quand il s'agit de leurs trophées. Comme je ne m'imaginais pas Xiongdi se morfondre à l'instar des délaissés de Noël, je lui devinais des ébats extrêmes dont je lui épargnais l'aveu.

Bref, les deux soeurs se partageaient entre la joie de retrouver les parents au jour de l'événement et une manière de jalousie enfantine. Je passerais la soirée sous la couette avec mon amant et nous ne sortirions que pour le feu d'artifices: voilà ce qui suscitait l'envie de mes belles-soeurs. Si Ming Xiaojie renonçait à toute vie sentimentale et, en signe de résignation, attachait ses cheveux de vieille fille en une queue de cheval plus pratique qu'attrayante, Xiao Ming, plus ardente que jamais, me lançait des regards de défi: elle finirait par séduire un occidental! En mon for intérieur, je m'étonnais qu'elle ne parvienne pas à ses fins, me demandant si, toutes proportions gardées, son extrême dynamisme ne constituait pas un frein aux désirs des mâles. Car beaucoup de garçons timides, à cette époque, cherchaient en Asie la femme calme et dévouée qui partagerait leurs jours. Xiao Ming qu'on voyait plus souvent l'arme au poing que l'archet sur le violon, en effrayait bon nombre.

-Tu n'aimes pas? me questionna-t-elle sans transition.

Elle désignait la tresse qui accablait désormais sa mèche rousse. Quant à moi, je brûlais tant de partager avec elle la confidence qui suivrait, que cette coquetterie ne m'effleurait pas l'attention. La galanterie m'interdisant le luxe de la vérité, je décidai de botter en touche:

-Cela te change; il faut que je m'habitue.

Elle soupira et entreprit de dénouer la tresse. Aussitôt, la mèche de cheveux ondoya en vagues claires-obscures, gardant la trace des tortures infligées. L'effet produit l'emportait sur l'appareil qui le précédait. La grande-soeur et moi-même échangeâmes un regard entendu, gage de notre approbation commune.

-Zheyang piaoliang le!

"Te voilà plus jolie comme cela!" Xiao Ming saisit le miroir de poche que lui tendait son aînée et s'y mira:

-Dui!

"Exact!" Profitant de la concorde qui régnait entre nous, j'amenai la conversation au point qu'il me fallait aborder. Sans un mot, je présentai à mes amies le contrat dûment signé la veille.

-Quel chanceux que ce Xiongdi! s'exclamèrent-elles en choeur.

Je venais de réserver un périple de quelques jours entre le Nouvel An et la Fête des Lanternes. J'y invitais mon mari et ne savais comment il convenait d'offrir un présent de cette espèce, qui valait tant pour l'année du singe que pour la Saint-Valentin. Bien sûr, je m'abstins de préciser que nous voyagerions dans le même bus et descendrions dans les mêmes hôtels que Madame Bak. Ces détails professionnels ne concernaient ni les deux soeurs ni Xiongdi que je comptais garder à l'écart de mes obligations. L'homicide que je projetais de commettre ne participa pas plus de la conversation.

Comme il sommeille dans toute Taïwanaise une admiratrice de Teresa Teng et que la Chinoise ne boude point son plaisir à la mièvrerie, je dus souffrir leur lot de compliments: visiter la réserve de Hualien en amoureux! Voilà le voyage de noces dont rêve chacun! Et les deux groupies de m'en servir une description si fidèle, longue et fouillée que je pouvais annuler le périple sans rien en perdre. Quand l'ardeur redescendit, on en vint aux détails techniques. "Hongbao!" s'exclama Ming Xiaojie qui prit soudain des airs de comploteuse. Deux minutes plus tard, elle m'apportait la photocopie dudit contrat qu'elle plia avant de l'insérer dans l'une de ces enveloppes rouges appelées "hongbao". En effet, les Chinois usent de celles-ci lorsqu'ils offrent les étrennes; cependant, dénués du complexe que nourrissent beaucoup d'occidentaux, ils s'en échangent à foison et prennent soin de n'oublier personne, des petits-enfants au concierge. A chacun la somme qui correspond à son rang dans les rapports entretenus; en prenant la place des espèces, mes billets de bus s'élevaient au plus haut de la hiérarchie des symboles, car, sacrifiant à la plus illustre tradition des Hans, j'offrais tout à la fois étrennes, voyages de noces et présent de Saint-Valentin.

-Tu le lui présenteras des deux mains en t'inclinant un peu, précisa Xiao Ming entre deux gorgées de soda.

-"La", corrigeai-je.

-"La"?

-"Tu la lui présenteras...", car on doit accorder le pronom au féminin comme le substantif qu'il remplace: "une enveloppe".

Elle soupira:

-Je vais échouer, je le sens!

Je la laissai divaguer: je la voyais progresser si vite en français que cet examen passerait presque pour une formalité.

*

Ainsi partîmes-nous, Xiongdi et moi-même, en voyage de noces. Mon compagnon, si calme et guindé quand il demeurait à Taipei, prenait des airs de garçonnet un peu fou, riant tantôt d'un oiseau tantôt de la forme étrange d'un bosquet croisé sur la route. Gagné par quelque accès de pudeur ou, plutôt, l'envie de comploter à l'écart, il insista pour que nous nous installions sur la dernière rangée de siège, bien calés près de la fenêtre. Lesdites places, légèrement surélevées, offraient, en effet, une vue dégagée et panoramique tant sur Madame Bak et son mari, assis cinq rangées devant nous, que sur le paysage. En moi-même, je ne délibérai pas longtemps: je conclus que le bus s'avérait la plus détestable des scènes de crime s'il s'agissait d'occire ma future victime. Je relâchai donc mon attention, convaincu qu'il valait mieux mettre le voyage à profit pour filer le parfait amour plutôt que d'épier Madame Bak prisonnière dans notre cage de fer. Le premier jour, nous montâmes vers les concrétions du nord de l'île. Non loin de la mer, dans un paysage lunaire s'ouvrant vers l'océan lorsqu'on lève le regard, on admira une étrange sculpture de Néfertiti. Non, jamais l'antique reine d'Egypte ne visita Taïwan, mais l'on doit aux caprices de la nature et des vents que ces derniers y érodent le roc à la ressemblance de la souveraine. Hélas, les trop rares jours de congés dictent aux Chinois un rapport au temps qui diffère du nôtre: l'on veut rentabiliser chaque minute laquelle se doit de gaver le regard. Aussi ne s'attarde-t-on nulle part. Nous repartîmes en conséquence vers le sud dans la direction de Hualien, longeant la côte est de l'île.

*

Si les Hans sacrifient, depuis l'Antiquité, au culte de la nature, instruits par les oeuvres de Laozi au point que la peinture chinoise des paysages s'analyse parfois comme une émanation du taoïsme, il ne se trouve plus guère de site que l'homme ne foulât au moins une fois de ses pas. Les shanshuihuas de Juran, avec leurs sentiers, pour enseigner l'humilité des peuples coincés dans l'immensité des éléments, n'en rappelle pas moins qu'ils s'y trouvent bel et bien, et que l'on ne saurait nier leur empreinte. La chose se révèle moins pertinente dans les grottes de Taroko, lesquelles tirent leur nom de l'ancienne présence nippone et n'abritèrent longtemps que de discrètes populations autochtones. Bien avisés, les Chinois préservèrent autant qu'ils le purent l'authenticité de cette réserve. Montagnes, plateaux, ravins et précipices, tout concourt à nous y écraser de magnificence. Le temple de Chan Guang, juché sur les hauteurs, essaie d'y imposer la présence de l'homme, mais il se résume au point qui vient clore un discours bien mené. Les Chinois, amateurs de proverbes, vous le savez, aimeraient le qualifier d'oeil peint sur le dessin d'un dragon. Car une fable raconte qu'un peintre répugnait à achever les dragons qu'il représentait à merveille: à chaque fois, il négligeait d'y ajouter les yeux. Quand il y consentit, l'oeil conféra tant de vivacité à l'oeuvre que la chimère s'envola... Ainsi use-t-on de ce chengyu lorsqu'on veut signaler qu'on vient de trouver le mot juste portant l'expression à sa complétude. Ainsi le temple, régnant plus qu'il ne dominait, constituait-il la prunelle de ces gorges grandioses.

Une route audacieuse, cheminait par mille tunnels et circonvolutions à flanc de coteau, menant à la grotte des hirondelles. Partout, elle se ramifiait en maints sentiers pédestres qui menaient tous peu ou prou aux rives du Liwu. Au bout de ceux-ci, il arrivait qu'on trouve des ponts de cordes franchissant les ravins. Dans ce décor, vivotait l'hôtel Lotus où nous descendîmes, structure cubique, tout à la fois froide et efficace où l'on payait cher le snobisme de la simplicité. Mais les voyageurs ne s'y attardaient guère : l'on s'y reposait et utilisait la place comme un tremplin vers d'autres excursions. Car la réserve ne manque pas d'attrait pour les curieux qu'ils marchent, conduisent ou pédalent : par endroit, le soleil n'effleure la rivière qu'à son zénith, tant les falaises s'élèvent haut dans le ciel. Ailleurs, on se laisse surprendre par l'éclat des marbres ou ces tunnels interminables construits de mains d'homme et dignes de titans.

*

Le matin du quatrième jour, je m'éveillai vers 5 heures. Je me retournai dans les couvertures, me blottis dans les bras de Xiongdi, mais renonçai à me rendormir lorsque l'aiguille phosphorescente de ma montre pointa 6 au cadran. Un rayon de lumière bleu marine traversait la pièce par l'interstice des rideaux: je me levai pour épargner à mon compagnon, qui grognait déjà, les affres d'un réveil trop matinal. M'approchant de la fenêtre, je perçus enfin le cliquetis de la pluie. Une fois de plus, le temps dérogeait à la tradition des hivers secs: l'averse mouillait le paysage où s'élevait des brumes matinales. J'aimais cet horizon humide qui baignait les canopées sur les montagnes voisines et offrirait à Juran l'heur d'un remarquable shanshuihua. Il me vint l'envie de me recoucher, d'embrasser Xiongdi, de l'éveiller. Je l'imaginais répondre à mes baisers et m'étreindre à son tour. Mais je le trouvai plus beau endormi, tel l'Endymion de la fable.

Alors, j'entrepris de me consoler en fumant une cigarette. De la poche de ma veste, je saisis le paquet dont je prélevai une Lucky Strike. Déjà, j'entrouvrais la fenêtre qu'une nuée de fines gouttelettes me frappa le visage. Une brise fraîche envahissait la pièce, m'ôtant toute envie de tabac. Je m'apprêtais à renoncer lorsque je la vis. Couverte d'une capeline de plastique vert, elle marchait entre chien et loup dans la cour de l'hôtel, armée de son appareil photo. Madame Bak. Le limier bondit hors de sa retraite. Aussitôt, en tapinois, je me glissai dans mes vêtements, pris la clé électronique de la chambre et sortis.

Alors que depuis la fenêtre de nos appartements, il semblait régner un grand calme dans la réserve de Hualien, une activité fébrile agitait le rez-de-chaussée de l'hôtel: deux groupes de touristes, composés l'un d'Italiens l'autre d'Américains, s'apprêtaient à partir en excursion à vélo sur les routes humides. L'hôtel, complice et coutumier de telles excentricités, louait à cette fin les bicyclettes, et prêtait en cas de pluie des capelines jaunes. Car, à l'instar de l'occidentale, l'âme chinoise aime à trier, mais d'une manière qui lui appartient, héritage séculaire qu'on s'approprie à l'usure: ainsi, à l'hôtel Lotus, le vert sied-il aux promeneurs quand on attribue le jaune aux sportifs matutinaux.

Ne souhaitant pas m'exposer en présence de Madame Bak, je suivis les deux groupes et me comporter en tous points comme si j'appartenais aux leurs; Américains et Italiens se mêlaient, ne se distinguant les uns des autres qu'à leur langue, leurs mimiques et leur mise, autant de traits insaisissables pour l'employé chinois qui peinait à gérer la cohue. Celui-ci, endormi encore, me confia vélo et pardessus: les Italiens me prenaient pour un Américain et vice-versa. Au passage, j'avisai une pile de capelines de plastique vert, du modèle de celle que portait ma future victime. Dans le tumulte général, j'en prélevai une que je dissimulai sous ma chemise.

Le reste se passa à la façon d'un morceau de jazz, dans la plus harmonieuse des improvisations: sortant avec le groupe américain, j'aperçus Madame Bak marchant vers le pont de cordes qui traversait la vallée. Dans un premier temps, je me laissai distancer par les cyclotouristes. A la faveur d'un tournant, je dissimulai le vélo dans les fourrées. Je dépliai mon pardessus de plastique vert que j'enfilai sur le jaune. Je m'engageai ensuite sur la route du retour: à l'approche de l'hôtel, je suivis le sentier où Madame Bak s'éloignait peu avant et qui menait au pont suspendu.

Elle s'y dressait en effet, droite comme un i,

tenant les cordages à deux mains et humant l'air du matin. Elle contemplait le soleil qui allait se lever dans l'échancrure des monts. Sans doute attendait-elle le point du jour pour sortir son appareil. La pluie tombait encore, fine et obsédante. Bien que sous mes pas, les planches de bois agitassent le pont tout entier, Madame Bak ne parut pas remarquer ma présence. Mon pare-pluie vert, distinctif de l'hôtel, l'informait que je résidais au Lotus. Les Taïwanais vivent dans une société plutôt sure et apaisée de sorte que Madame Bak se berçait d'une illusion de sécurité. Je m'approchai d'elle. Probablement remarqua-t-elle ma barbe et me reconnut-elle lorsque je ne me trouvai plus qu'à deux pas d'elle. Trop tard cependant. Je la soulevai, fine et légère comme l'averse et la précipitai par-dessus le pont. Son crâne percuta la saillie d'un rocher. La rivière gonflée par la pluie emporta son corps triste. Pas même un cri ne succéda à la surprise. Ainsi périt Madame Bak.

Je revins sur mes pas en longeant la route à travers les fourrées. Lorsque je retrouvai ma bicyclette, j'enlevai mon imperméable vert: le jaune cycliste me rendit à mon loisir. J'attendis alors qu'un groupe repassât. Les Italiens arrivèrent: peu m'importait? je leur emboîtai le pas. Ils me prirent pour l'un des Américains de l'autre groupe et ne s'en formalisèrent pas. A 8 heures 30, je me glissais dans les bras chauds de Xiongdi, apaisé, heureux, satisfait du devoir accompli.

-Je fumais une cigarette...

-Tout un paquet, au moins...

-Je regardais tomber la pluie.

-Je sais que cela te plaît.

Il se retourna dans le lit et déposa un baiser sur mes lèvres. Son haleine sentait la menthe, et trahissait l'artifice de l'amant au petit matin.

-Combien? reprit-il en souriant comme une incantation à la gloire de nos amours.

Le pacte tacite qui gardait le nombre de mes victimes dans les ténèbres imposa la réponse:

-Bi xingxing shao.

"Moins que les étoiles".

On rentra à Taipei en fin de journée. Xiongdi feignit de ne pas remarquer que deux places restaient vacantes dans le bus. Le mari de

Madame Bak recherchait certainement son épouse... La suite ne nous concernait plus.

*

Nous vécûmes les jours qui nous séparaient de mon retour en Europe avec une sensibilité aiguë: il régnait un grand calme à la maison. Nous passions de longues heures à lire, blottis l'un contre l'autre dans le canapé et levant parfois les yeux pour contempler les nuits orangées de Taipei. Nous parlions peu et laissions tourner en boucle un cd des Blues Breakers. Cependant, le niveau de XO descendait insensiblement dans sa bouteille galbée dont je m'improvisais un sablier.

Le point d'orgue de cette période d'étrange abandon coïncida naturellement avec la fin des célébrations du Nouvel An. Au soir de la Fête des Lanternes, nous montâmes sur la colline du Mémorial. Les familles apportaient leurs lampions en papier de riz où l'on calligraphiait des voeux propitiatoires. Dessous, l'on accrochait des bougies. Allégées par la chaleur, les luminions, par milliers, s'élevaient dans le ciel, petits soleils qui tapissaient la voûte d'une nuée d'étoiles neuves. Il en montait de tous les quartiers de la ville dans une ferveur calme qui creusait un vide chaud dans mon ventre. A partir de ce jour, je refusai de décompter les jours et me mentais comme s'ils devaient durer éternellement. Or nous n'envisagions pas davantage l'avenir: seul nous restait l'instant et sa jouissance au coeur de l'hiver. Je vivais le paradoxe d'Horace qui, simultanément, se plaît au contentement, mais en pressent l'inéluctable fin.

*

La veille de mon départ, je reçus de Madame Vernier un demi-jour de congé. Sans doute signifiait-elle par là qu'elle se satisfaisait de mon travail à moins qu'elle n'entendît se débarrasser de moi plus tôt. Je n'en sus rien: si je lui rendais ses pochettes de fax quotidiens avec une assiduité sans faille, elle ne chercha jamais ni à sympathiser davantage ni à me confier d'autres tâches. Comme deux jours avant, Xiongdi venait de m'annoncer qu'on allait exposer le shanshuihua de l'école de Juran au Musée National du Palais à Taipei, je décidai de mettre mes dernières heures de liberté à profit pour aller admirer l'oeuvre *in situ*. Je pénétrai dans la vénérable institution, laquelle baignait encore dans son jus avant la rénovation de 2004. Dans une pièce sombre aux allures prétentieuses, les nouvelles acquisitions s'offraient aux regards des curieux. J'approchai de l'oeuvre et me sentis frustré: naguère encore, je la pouvais toucher. Désormais, une vitre épaisse me séparait d'elle; l'éclairage que je lui jetais selon mon plaisir et les besoins de mon regard, demeurait désespérément violent, jaunâtre et statique. Je me contorsionnais pour mieux distinguer les détails des pains de sucre, le chemin, la rivière, les discrets plis de la soie.

"Quel gâchis!" m'exclamai-je comme si je reprochais sa peine à un forçat. Une peinture sous verre pleure autant que les incunables dans leurs vitrines... Je m'accroupis pour mieux admirer une dernière fois cette soie qui me lierait toujours à Xiongdi. Tandis que je grognais sur l'inconfort de ma pose, et me réjouissais de posséder une photographie du tableau, je sentis un frisson me parcourir l'échine: un détail me gênait, que je ne pouvais imputer ni à la vitre ni à l'éclairage, le pressentiment d'un équilibre brisé, l'idée d'un grain de sable dont l'ajout, pèse sur le plateau de la balance. Car je connaissais trop les légers arrangements que l'on impose aux lois de la nature dans nos propres desseins pour échapper à cette écharde plantée dans mon inconscient. Et ma raison chavirait, laissant au flair de l'instinct le soin de l'enquête. Je me rappelais la baleine de mon parapluie déclenchant la fermeture du garage de Madame Cheng, là où la pluie battante y échouait dans la nuit noire. Sans doute, la porte en portait-elle encore une infime griffure, signant mon passage, mais qui l'interpréterait? Or moi, instigateur de si frêles inclinaisons, fossoyeur du destin, je reconnaissais dans l'oeuvre exposée sous mes yeux la marque d'un frère. Elle m'apparut, là où le regard fatigué ne se pose guère, là, dans le coin inférieur droit, une trace ridiculement petite, une virgule inversée, vestige d'un pinceau à poil unique: la marque de Xiongdi!

Je gardai mon sang froid, sortis du musée, hélai un taxi qui me reconduisit à l'appartement.

Assis sur le canapé, je sortis la photographie de son tube de carton et la contemplai attentivement, balayant chaque détail lentement comme je venais de procéder au musée. Mon oeil glissa sur le coin inférieur droit sans qu'un grain de sable ne l'érafle: je ne trouvai aucune marque sur la photographie de l'original.

*

Je compris tout, et mon aveuglement au premier chef. Xiongdi, dans son atelier, copiait les oeuvres qu'on lui confiait sur des supports antiques. Les originaux partaient sur le marché feutré des riches collectionneurs privés; les musées exposaient les faux. Le degré d'implication de chaque acteur m'indifférait, car seul comptait à mes yeux l'admirable pierre angulaire dont Xiongdi coiffait notre vie commune. En effet, depuis le début, il tenait entre ses mains la preuve de mes crimes. En m'offrant la photographie du shanshuihua, il rendait son équilibre à notre monde: à mon tour, je possédais un objet qui pût le compromettre. Je ressentis une profonde fierté à partager quelques heures encore la vie d'un si grand seigneur. Un faussaire, et quel faussaire! Notre amour finirait comme une calligraphie, une oeuvre en mouvement, complète en soi et sans lendemain fallacieux. Non, le tablier de go s'effaça dans mon âme, laissant sa place à l'échiquier où deux rois esseulés se toisaient désormais : Pat. Match nul. Pour gagner ne suffit-il pas, après tout, de s'abstenir de jouer ?

*

Le lendemain, les Ming me conduisirent à l'aéroport. J'aimerais clore cette histoire à vous apprenant la réussite de Xiao Ming à son examen de français. Je n'en obtins pas confirmation de sa plume, car nous n'échangeâmes jamais aucun courrier. En fait, je n'y tenais guère: je ne doutais pas de son succès. On part avec douceur quand on ne vous reproche pas la douleur du regret.

Epilogue

Vingt ans plus tard, je croisai Xiongdi à Budapest – Hongrie dans un supermarché non loin du parlement. Rentrant de l'université, j'habitais alors le quartier de sorte que l'apparition de notre homme au milieu de mon univers familier me frappa de stupeur. L'hiver battait son plein en Europe de l'Est : Xiongdi portait un long manteau anthracite étroitement boutonné et une écharpe rouge lui ceignait le cou, laquelle lui conférait un lointain air de Jean Moulin. La quarantaine rayonnante, il arborait une belle barbe en tous points semblable à celle dont je gardai le souvenir en quittant Taipei. Quelques cheveux gris rehaussaient une coiffure nullement clairsemée.

Nous nous reconnûmes aussitôt. Il s'approcha de moi et me tendit une main maladroite, un peu confus. Il venait expertiser une pièce pour le Hopp Museum, mais le lieu ne convenant guère à ce genre d'explication, il abandonna sa traductrice : je l'emmenai prendre un verre sur la place de la Liberté à deux pas de l'Ambassade américaine. Ambiance feutrée et décoration fonctionnelle. Un cappuccino et un thé vert se regardaient, fumant. L'âge seyait à Xiongdi dont le visage, marqué par l'usure des ans, gagnait en assurance. Une longue ride lui barrait le front. Il forcissait en effet, ce qui, je le lui avouai, me plaisait beaucoup. Bien campé sur ses jambes et carré d'épaules, il se dégageait de lui, une impression de puissance et de tranquillité. Je le félicitai : il réussissait à tailler sa barbe avec goût et la jonction délicate entre la moustache et le bouc relevait presque de la ciselure. Pour sa part, il ne put s'empêcher de se moquer gentiment de mon crâne rasé et de mon poil grisonnant. « Belle gueule ! » résuma-t-il en français. Je supputai qu'il tenait l'expression de Xiao Ming. Nous échangeâmes quelques banalités, dont nous ne nous trouvions pas l'heur de nous inquiéter d'ailleurs : à nos mises respectives, il apparaissait que nos voiliers filaient sous des vents favorables.

-Combien ? me demanda Xiongdi comme si venions de nous quitter.

Je ris. Une fois de plus, je ne répondrais pas à sa question : depuis longtemps, je renonçais à dénombrer mes victimes.

-Bi xingxing shao.

« Moins que les étoiles. » Il rit à son tour.

Nos regards s'enflammèrent à l'évocation de ces souvenirs. Sans qu'un seul mot s'échappât de nos lèvres, un étrange dialogue s'engagea où nous nous interrogions mutuellement : l'un et l'autre nous possédions pièces d'identité et cartes de crédit. Partirions-nous ensemble, là, à cet instant, pour vivre une nouvelle aventure ? Le doute étreignait nos gorges serrées. Probablement sentait-il comme moi un sanglot l'étrangler.

Mais l'un et l'autre gardions de notre idylle la certitude que la vie va comme le pinceau sur le papier : il ne peut s'agir ni de revenir sur le trait ni de le reprendre au terme de l'exécution. Un art en mouvement. Non, la folie réitérée perd de sa saveur : nous ne voulions pas d'une vie qu'un ressemblât à une banlieue où les ridicules pavillons rivalisent de conformisme, mausolée pour âmes craintives. A partir de cet instant, nous sûmes que nous ne nous reverrions plus, ou jamais, du moins, comme ce jour-là au coeur de Budapest. Le risque de vivre une journée à l'image de la précédente gâcherait la singularité de notre rencontre. Pas plus, nous ne choisirions de rejouer deux fois la même partie d'échecs.

-Combien ? répéta-t-il.

Je l'interrompis :

-Je sais pour Juran : au musée de Taipei, les visiteurs admirent une oeuvre de ta main... Et figure-toi qu'à Londres, voilà trois ans, se trouvait une calligraphie de toi chez Sotheby's. Je reconnais tes oeuvres à coup sûr. Tu ne devrais pas laisser ta marque sur les copies.

-Ni toi de cadavres dans les toilettes des hôtels.

Nous pouffâmes de rire, deux gamins rappelés à leurs bêtises d'enfant.

-Je pourrais écrire notre histoire... suggérai-je.

-Tu me trahirais ? s'étonna-t-il.

-Non, mais un vieux poète grec du nom d'Hésiode explique qu'il arrive aux muses de farder la vérité.

-Mène ta vie comme bon te semble. Tu sais que je ne te crains pas...

Nous nous séparâmes en grande estime : il continuerait à calligraphier pour le marché des antiquités, je poursuivrais mon existence clandestine. Chacun à notre folie, nous veillerions à exceller dans notre art. Mais sans doute faut-il payer le prix de la liberté. Pour l'heure, chacun sortit du café et, souriant, fixa l'horizon qui s'offrait à lui.

*

Voilà, lecteur, désormais, je vole dans ton coeur et tes souvenirs, sentiment diffus d'une crainte : quand tu poseras ton regard sur ton ami ou l'inconnu qui passe dans la rue, tu chercheras à deviner mon âme sous ses traits aimables. Et dans ton propre reflet, tu te demanderas s'il ne sévit pas non plus un assassin. Grâce à toi, je viens d'accéder à l'immortalité, idée pure, éternel mouvement de la renommée qui plane, sans cesse renouvelée. Rumeur du tueur embusqué, Hadès au casque d'invisibilité prêt à te frapper quand de toi, les yeux se détournent. Que la vierge voie en moi Diane qui transperce les coeurs de ses flèches d'argent et la précipite dans la mort.

Jouissez, mes amis, car que Jupiter ne vous

assigne qu'un seul hiver à vivre ou une existence plus longue, la Parque finira toujours par en trancher le fil. Restez dans l'ignorance de ce moment-là et mettez à votre crédit l'instant qui s'écoule. Humez le bouquet d'un bon vin et dans la boîte de Pandore remisez la vaine espérance. Qu'importe ? Voyantes et horoscopes vous rendent d'aveugles prophéties : n'en noircissez pas la candeur de vos esprits. Oui, vivez et rappelez-vous que la mer déchaînée vous survivra. Hasard ou destin, tueur embusqué, longue maladie ou brève agonie, nous vous tenons à notre merci.

*

* *